Nowy Sekretnik Szeptuchy

Fot. Wojtek Biały

KATARZYNA BERENIKA MISZCZUK

z wykształcenia jest lekarką. To wszechstronna pisarka, której znakiem rozpoznawczym jest nieoczywista mieszanka literackich światów niezmiennie doprawiona dużą dawką humoru. Ma w swoim dorobku kilkanaście książek, m.in. powieść grozy *Druga Szansa* (2013) czy kryminał *Pustułka* (2015). Największe uznanie czytelników przyniosła jej seria diabelsko-anielska: *Ja, diablica* (2010), *Ja, anielica* (2011) oraz *Ja, potępiona* (2012). Cieszący się ogromną popularnością cykl powieści *Kwiat paproci* zapoczątkowała bestsellerowa *Szeptucha* (2016, Książka Roku 2016 w plebiscycie portalu lubimyczytac.pl). W tym samym roku ukazała się jej kontynuacja *Noc Kupały*, a następnie *Żerca* (2017, Książka Roku 2017 w plebiscycie portalu lubimyczytac.pl) oraz *Przesilenie* (2018).

KATARZYNA
BERENIKA
MISZCZUK

Nowy Sekretnik Szeptuchy

Wydanie I
Warszawa, MMXVIII

Styczeń

1

Styczeń

2

Styczeń

Ważne daty kalendarza słowiańskiego

- 17 – 25 marca – okres przygotowań do równonocy wiosennej i świętowania równonocy
- 20 marca – Jare Gody
- 30 kwietnia – Święto Welesa
- 19 – 20 maja – Dziady wiosenne, Zielone Świątki
- 16 – 24 czerwca – okres przygotowań do zbliżającego się przesilenia letniego i świętowania przesilenia
- 21 czerwca – Noc Kupały
- 20 lipca – Święto Peruna
- 20 – 26 września – okres przygotowań do równonocy jesiennej i świętowania równonocy
- 23 września – Święto Plonów
- 31 października – 1 listopada – Dziady jesienne
- 15 – 23 grudnia – okres przygotowań do przesilenia zimowego i świętowania przesilenia
- 21 grudnia – Szczodre Gody

3

Styczeń

4

Styczeń

5

Styczeń

6

Styczeń

7

Styczeń

8

Styczeń

Nazwy miesięcy

Słowiańskie nazwy miesięcy brzmiały inaczej niż nazwy miesięcy, którymi obecnie się posługujemy.

Kalendarz słowiański był w użyciu w okresie przedchrześcijańskim. Po chrystianizacji wyparł go używany w całej Europie kalendarz rzymski. Nazwy miesięcy kalendarza słowiańskiego opracował etnograf, etnolog, slawista Kazimierz Moszyński, a uzupełnił polski historyk i mediewista Henryk Łowmiański.

I	prosiniec
II	sieczeń (suszec)
III	bierzień
IV	kwiecień (stpol. łżykwiat)
V	trawień
VI	czerwień (izok)
VII	lipień
VIII	sierpień
IX	wersień (rujeń)
X	październik
XI	listopad
XII	grudzień (studzień)

9

Styczeń

10

Styczeń

11

Styczeń

12

Styczeń

Neosłowiański horoskop – Żywokost

(dla urodzonych między 22 grudnia a 19 stycznia)

Żywokost, inaczej kosztywał, to zioło bardzo często spotykane na polskich łąkach. Jest niezwykle toksyczne, dlatego współcześnie nie wolno wykonywać z niego żadnych leków. W przeszłości było stosowane do leczenia schorzeń wątroby, przyspieszania gojenia ran, a nawet wspomagania zrostu kości! Stąd właśnie wywodzi się jego polska nazwa: żywokost, czyli roślina, która „żywi kość".

Żywokost jako zioło mogące wspomagać regenerację ciała, czyli budować je od nowa, jest silnie związane z Czarnobogiem. Bóg ten jest lustrzanym odbiciem swojego brata – Białoboga. Narodzili się, gdy świat był bezkresnym oceanem. Razem stworzyli lądy oraz rośliny. Następnie z ich mocy narodziła się Mokosz, będąca życiem. Dzięki niej pojawiły się zwierzęta, a następnie ludzie. Boscy bracia umieścili na niebie Słońce oraz Księżyc, stworzyli pozostałych bogów, by pomogli im władać. Jednak nie spoczęli na laurach. Gdy oddali ziemię ludziom i bogom, sami zeszli do zaświatów, gdzie sprawują pieczę nad duszami zmarłych.

Osoby urodzone w znaku żywokostu, obdarzone łaską Czarnoboga, są odważne, czasami nawet zuchwałe. Nigdy się nie poddają, uparcie dążą do celu. Nigdy jednak nie robią tego, krzywdząc innych. Nie obawiają się nawet najtrudniejszych problemów – uznają je bowiem za wyzwania. Nie myślą o przeszłości, żyją jedynie przyszłością.

Żywokosty bardzo dużo wymagają od innych oraz od siebie. Potrafią wyjątkowo skutecznie motywować do pracy innych, sprawdzają się na stanowiskach kierowniczych. Wydają się poważne, jednak nigdy nie nudzą swojego otoczenia. Nierzadko mają analityczny umysł, cenią logikę.

Jeśli kochają, to już na zawsze. Często jednak zanadto skupiają się na pracy, nie mając czasu na założenie rodziny. Bywają nadopiekuńczy, ale są wspaniałymi rodzicami.

13

Styczeń

14

Styczeń

Kim jest szeptucha?

Szeptucha, zwana inaczej szeptunką lub mądrą babą, jest lokalną uzdrowicielką. Do dzisiaj w Polsce, głównie na Podlasiu, żyją kobiety zajmujące się tym fachem. Najstarsza żyjąca szeptucha (uważana także za najpotężniejszą), Wiera z Orli, ma obecnie 93 lata i wciąż przyjmuje klientów. Oczywiście zawód ten wykonywali i w niektórych miejscach wciąż wykonują także mężczyźni zwani szeptunami.

Uzdrowicielki zajmują się chorobami ciała oraz duszy. Do lepiej poznanych schorzeń znajdujących się w sferze ich zainteresowań należą: kołtun, urok, wiatr oraz przestrach (informacje na ich temat znajdziecie w kolejnych wpisach). W dzisiejszych czasach szeptuchy skupiają się głównie na schorzeniach duszy. W przeszłości, gdy dostęp do lekarza, zwłaszcza w małych miejscowościach, był ograniczony, zajmowały się także opieką nad ciężarnymi, odbieraniem porodów, ziołolecznictwem, nastawianiem złamanych kości, kręgarstwem.

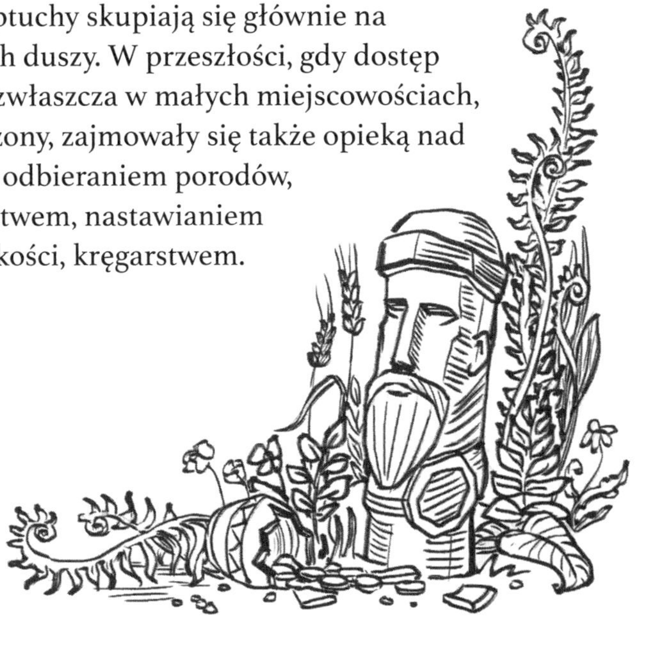

Współczesne szeptuchy jako źródło swojej mocy, mimo że można ją dziedziczyć, wskazują Boga i świętych. Prawie każda z żyjących obecnie szeptunek potrafi opowiedzieć, w którym momencie uzyskała swój dar. Często w ich wspomnieniach występuje Bóg w postaci osobowej. Jednak by dostać możliwość uzdrawiania, każda z mądrych bab musiała wyrazić taką chęć. Żadna z nich nie została zmuszona do posiadania magicznych zdolności.

Nie ma jednoznacznie ustalonego wieku, w którym można przejść inicjację szeptuchy, jednak podania jasno sugerują, iż najsilniejsze i najskuteczniejsze są te kobiety, które przestały już miesiączkować.

Większość leczniczych zabiegów wymaga modlitw, często wielokrotnie powtarzanych przy kolejnych wizytach. Praktycznie żadna szeptucha nie pobiera zapłaty za swoje usługi, można jej się odwdzięczyć, wręczając „co łaska".

15

Styczeń

16

Styczeń

17
Styczeń

18
Styczeń

Kim są demony i boginki?

– Osobiście nie jestem zwolenniczką zabijania demonów i boginek. To byli kiedyś nasi przodkowie, sąsiedzi, mieszkańcy tych samych miast. Ludzie tacy jak my – wyznała Baba Jaga. – Gdy byłam w twoim wieku, sama otarłam się o śmierć. Gdyby bogowie mieli taką zachciankę, mogłabym powrócić.

Potrząsnęła ręką nad podłogą, jakby niechciane wspomnienie uczepiło się jej rękawa.

– Gosiu, musisz zrozumieć, że demony i boginki nie powstają ze szczęśliwych ludzi, którzy umierają w naturalny sposób. Bogowie przygarniają do siebie dusze topielców, samobójców, wisielców, porońców, kobiet zmarłych w połogu lub tuż przed ślubem. Mówiąc krótko: wszystkich, którzy zmarli gwałtowną śmiercią.

Szeptucha

19

Styczeń

20

Styczeń

21

Styczeń

22

Styczeń

23

Styczeń

24

Styczeń

Sposoby szeptuchy na ból gardła i chrypę

Syrop z cebuli

Świeżą cebulę obierz, a następnie przepłucz wodą. Pokrój na plastry. Przygotuj czysty słoik. Wsadzaj do słoika kolejne plastry, przesypując je warstwą białego cukru. Zakręć pokrywkę. Schowaj słoik do lodówki na mniej więcej jeden dzień. Cebula puści sok. Na ból gardła stosuj 1 łyżkę stołową 3 razy dziennie.

Płukanka z sody oczyszczonej

Łyżeczkę sody oczyszczonej rozpuść w połowie szklanki letniej wody. Płucz gardło kilka razy dziennie.

Miód z mlekiem

Na zdarte gardło najlepszy jest miód. Możesz połączyć go z ciepłym mlekiem oraz łyżeczką masła i wypić łagodzącą mieszankę przed pójściem spać. Jeśli nie tolerujesz mleka, możesz po prostu zjeść łyżkę miodu.

Herbatka z szałwii

1 lub 2 gramy suszu zalej wrzącą wodą.
Płucz jamę ustną i gardło,
gdy napar trochę ostygnie.

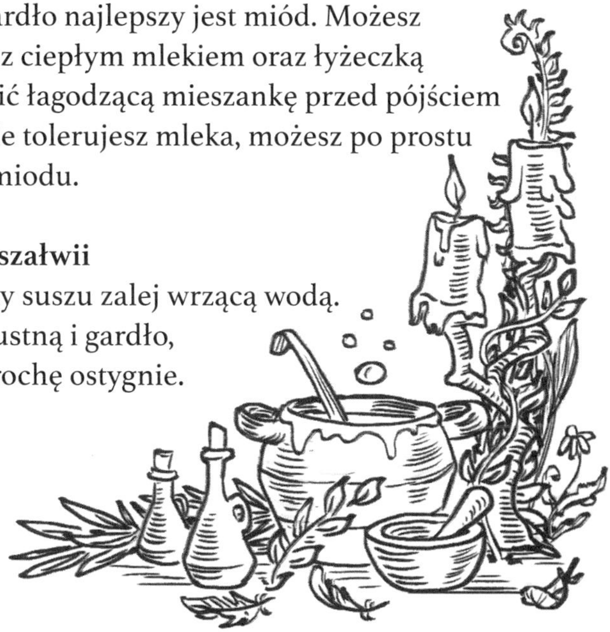

25

Styczeń

26

Styczeń

27

Styczeń

28

Styczeń

29

Styczeń

30

Styczeń

31

Styczeń

Minął mnie piękny kary ogier z białymi szczotkami na nogach. Odsunęłam się szybko. Jeszcze nigdy nie widziałam równie olbrzymiego konia! Miał ze dwa metry w kłębie! Wydawało się, że potężny rumak ciągnie za sobą furmankę bez żadnego wysiłku. Nagle zwolnił, gdy ktoś cmoknął i lekko szarpnął lejce.

– Może panią podwieźć? – odezwał się nade mną ciepły głos.

Podniosłam głowę zaskoczona.

W następnej sekundzie gorzko pożałowałam tego, jak wyglądam.

Na koźle siedział najprzystojniejszy mężczyzna, jakiego kiedykolwiek widziałam, albo tylko tak mi się wydawało, bo trochę oślepiało mnie światło, które miał za plecami.

Szeptucha

Jakim jesteś smakiem nalewki?
Test

1. Na imprezie:
   a) usypiasz na kanapie. Po 30 minutach masz już wszystkiego dość i najchętniej wróciłbyś do domu. Zdecydowanie wolisz siedzieć w piżamie przed telewizorem;
   b) tańczysz na samym środku salonu, nawet jeśli pozostali tylko rozmawiają. Nie sposób cię zapomnieć. Niemal na każdym zdjęciu z przyjęcia będziesz stać na samym środku z szaleńczym uśmiechem na ustach, w przepoconej koszuli;
   c) Każde przyjęcie to dla ciebie idealna okazja do znalezienia miłości swojego życia albo chociażby udanego flirtu;
   d) nie ma na ciebie mocnych. Gdy wszyscy goście leżą już pod stołem, tobie ciągle mało. Zawsze wychodzisz z przyjęcia ostatni;
   e) Nie lubisz ludzi, ale uwielbiasz chodzić na przyjęcia. To dla ciebie doskonała okazja, żeby poznać najnowsze ploteczki i ze swoją najlepszą przyjaciółką wyszydzić stroje pozostałych imprezowiczów.

2. Twój zawód marzeń:
   a) Cenisz spokój, najchętniej przygarnąłbyś ciepłą posadę zapewniającą stabilizację. Wolisz powoli piąć się po kolejnych stopniach drabiny do kariery niż zbędnie ryzykować. Poza tym masz jakąś nieuzasadnioną słabość do kolorowych samoprzylepnych karteczek;
   b) Cenisz wyzwania. Nie widzisz się w roli etatowego pracownika biura. Lubisz błyszczeć. Kiedy akurat nie zdobywasz najwyższego szczytu w Himalajach, próbujesz swoich sił w fotografii albo tańcu nowoczesnym;
   c) Uwielbiasz pomagać innym. Z tego powodu najchętniej szukasz zatrudnienia w zawodach mających związek z medycyną lub weterynarią bądź zajmujesz się ważnymi społecznie sprawami;
   d) Nie boisz się ciężkiej pracy. Znasz i cenisz swoją wartość. Lubisz widzieć efekty swojej pracy. Praca w budowlance to jest to!
   e) Lubisz pogłębiać swoją wiedzę w każdej dziedzinie, począwszy od rodzajów prętów zbrojeniowych po najnowsze metody malowania paznokci. Jesteś wolnym duchem, nie lubisz, gdy ktoś ci rozkazuje. Najchętniej pracowałbyś w reklamie lub jako dziennikarz, wolny strzelec.

3. Twoja ulubiona potrawa:
   a) Lubisz wszelkie słodkości. Deser jest pozycją obowiązkową w twoim menu;
   b) to taka, którą samodzielnie wykonasz. Nie cierpisz chodzić do restauracji. Tylko sobie ufasz;
   c) Każda, byle zjedzona z osobą, którą się kocha;
   d) Nie lubisz nowości. Cenisz proste, tradycyjne dania;
   e) Uwielbiasz eksperymenty. Obecnie zachwyciłeś się kuchnią fusion.

4. Twój ulubiony kolor:
   a) Czarny, żeby nie było cię widać;
   b) Czerwony, żeby każdy cię zauważył;
   c) Różowy, żeby podkreślić twoją romantyczną duszę;
   d) Żółty, dla poprawy humoru;
   e) Ten, który jest modny w tym sezonie.

5. Najchętniej zamieszkałbyś w:
   a) apartamentowcu. Nie masz czasu na naprawianie rur i dachu, niech administracja się o to martwi;
   b) Las Vegas albo innym mieście, w którym dużo się dzieje;
   c) domku w górach, z kamiennym kominkiem i skórą niedźwiedzia;

d) domku na wsi, najchętniej zbudowanym własnoręcznie bądź chociaż według własnego pomysłu;
e) najmodniejszej dzielnicy, żeby codziennie spotykać przystojnych aktorów i muzyków.

Przewaga A: Jesteś nalewką z szyszek chmielu.
Jesteś bardzo spokojną osobą, która stara się mieć wszystko poukładane i wcześniej zaplanowane. Nie lubisz niespodzianek. Przez życie przemykasz na swoich zasadach. Codzienne stanie w blasku fleszy bardzo by cię męczyło. Nie wyobrażasz sobie życia na świeczniku, które nie pozwalałoby ci iść w poplamionym dresie po mleko do sklepu naprzeciwko. Lubisz innych ludzi, ale w odpowiedniej dawce.

Przewaga B: Jesteś nalewką z malin.
Rozpiera cię energia, wszędzie cię pełno. Stabilizacja to twój wróg. Ciągle czujesz, że życie oferuje ci za mało emocji. Znajomi uważają cię za duszę towarzystwa. Wciąż szukasz nowych doznań, które zapewnią ci kolejną dawkę adrenaliny.

Przewaga C: Jesteś nalewką z czosnku.
Wiecznie bujasz w obłokach, wierzysz w cuda i co najważniejsze, te cuda potrafią ci się przydarzać.

Masz romantyczne usposobienie, jednocześnie jesteś osobą bardzo rodzinną, która dla najbliższych jest w stanie poświęcić niemalże wszystko. Wyznajesz zasadę: ma się tyle lat, na ile lat człowiek się czuje. A ty czujesz się zdecydowanie młodo!

Przewaga D: Jesteś nalewką z czarnego bzu. Twardo stąpasz po ziemi, często cechuje cię analityczny umysł. Należysz do dziewczyn lub chłopaków z sąsiedztwa, zawsze można na tobie polegać. W granicach zdrowego rozsądku oczywiście. Nie umiesz długo chować urazy. Wierzysz, że każdy ma zawsze prawo do drugiej szansy.

Przewaga E: Jesteś nalewką cytrynową. Lubisz być w centrum uwagi, jednak nie jesteś bardzo towarzyską osobą. Chcesz, żeby ludzie cię szanowali za twoje dokonania, ale nie szukasz ich przyjaźni. Cenisz luksus, lubisz otaczać się drogimi przedmiotami. Jeśli już się w kimś zakochasz, to na zawsze. Zwykle jednak długo i bardzo wybrednie szukasz drugiej połówki.

Luty

1

Luty

2

Luty

3
Luty

4
Luty

5
Luty

6
Luty

Z dziennika babci szeptuchy
Jak pozbyć się kołtuna (inaczej nerwa)

- **Kołtun:** choroba spowodowana przewlekłym stresem.
- **Objawy:** Kołtun zwykle obejmuje całe ciało. Może jednak pojawić się tylko na głowie jako… zwinięty z włosów kołtun. Poza tym potrafi doprowadzić do paraliżu i rozległych bóli.
- **Składniki:** Wełna, najlepiej ścięta z owcy własnoręcznie przez szeptuchę.
- **Przepis:** Dokładnie obejrzyj chorego. Sprawdź, czy nie ma we włosach kołtuna. Jeśli go znajdziesz – w żadnym razie go nie wycinaj, bo chory umrze. Wypowiedz słowa modlitwy na uzdrowienie, a następnie daj choremu wełnę. Musi umieścić ją pod poduszką i spać na niej przez trzy dni. Jeśli dolegliwości nie przejdą, musi przyjść po świeżą wełnę. Gdy kołtun na głowie odrośnie, można go ewentualnie wyciąć, ale bardzo delikatnie.

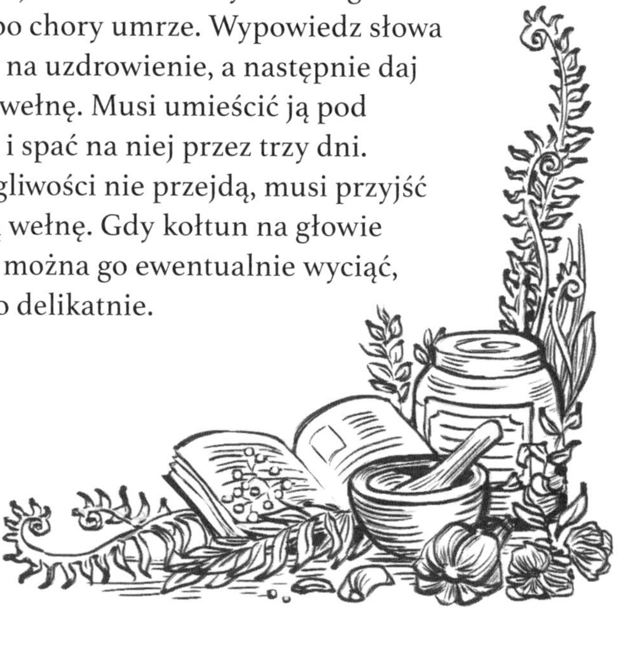

- **Ciekawostka:** Jeszcze do XIX wieku noszono na głowach kołtuny… lecznicze (inaczej pliki). Ich ścięcie sprowadzało na nieszczęśnika choroby i śmierć. Najdłuższy zachowany kołtun ochronny znajduje się obecnie w zbiorach Muzeum Wydziału Lekarskiego Uniwersytetu Jagiellońskiego. Liczy sobie aż 1,5 metra długości!

Notatki

7
Luty

8
Luty

9

Luty

10

Luty

11
Luty

12
Luty

Neosłowiański horoskop – Mak

(dla urodzonych między 20 stycznia a 18 lutego)

Mak to zioło hodowane i stosowane w lecznictwie już od czasów starożytnych. Słowianie także korzystali z jego właściwości uśmierzających ból, a także usypiających. Czerwony kwiat maku zakorzenił się w naszej kulturze tak bardzo, że do dzisiaj występuje w często powtarzanych powiedzeniach, takich jak: „cisza jak makiem zasiał", „dobrali się jak w korcu maku", „pisać maczkiem".

Jest to zioło bardzo silne, zawarte w nim substancje (morfina, narkotyna, papaweryna, kodeina) działają uzależniająco, a w większych dawkach mogą nawet doprowadzić do wiecznego snu. Podczas stosowania maku, a dokładniej soku mlecznego z makówki, czyli opium, można było doznać wizji, przekroczyć na chwilę bramy zaświatów. Z tego powodu mak jest silnie kojarzony z Welesem, który jest bogiem podziemi.

Zgodnie z legendami Weles zasiada na złotym tronie, wśród korzeni drzewa kosmicznego. Bardzo rzadko pojawia się na ziemi. Według części przekazów jest przykuty łańcuchem do tronu i w ogóle nie może z niego schodzić. Weles pilnuje wejścia do zaświatów i wypasa dusze zmarłych na swoich polach. Dawniej przysięgano na jego imię, ponieważ bóg ten jest patronem obietnic. Tak złożona przysięga zwykle była dotrzymywana, ponieważ w innym wypadku bóg mógł zesłać na krzywoprzysięzcę wrzody oraz zażółcenie skóry.

Osoby urodzone pod znakiem maku oraz obdarzone łaską Welesa są niezależne i wytrwałe. Nie lubią, gdy ktoś mówi im, co mają robić. Potrafią odnaleźć się w każdej sytuacji, nie są materialistami. Często są bardzo spokojne. Mimo to łatwo ulegają pokusom. Lubią wydawać pieniądze na swoje zachcianki, ale tak samo chętnie wspomagają potrzebujących. Mimo to prawie nigdy nie cierpią biedy.

Umieją wpływać na decyzje innych osób. Gdy mają jakiś pomysł, bez trudu potrafią wszystkich do niego przekonać. Często jednak, skupiając się na własnym dobru i na obranym celu, potrafią zapomnieć o innych.

W miłości uchodzą za najlepszych kochanków. Nie zawsze jednak udaje im się dochować wierności. Z tego powodu często unikają zobowiązań.

13
Luty

14
Luty

Demoniczne istoty i jak je zabić

Nocnice

- Pochodzenie: złośliwe demony, wedle niektórych podań powstałe z młodych dziewcząt zmarłych po ogłoszeniu zapowiedzi, ale jeszcze przed ślubem.
- Miejsce bytowania: leśne zarośla, ale tylko w pobliżu ludzkich domostw.
- Cechy szczególne: potrafią latać, wznosząc się na błoniastych skrzydłach. Często bywały utożsamiane z ćmami. Ubrane są w białe bądź czarne poszarpane suknie. Swoje wiecznie skołtunione włosy czeszą leśnymi szyszkami. Stając na bezdrożu, możemy je do siebie przywołać za pomocą gwizdania. Najaktywniejsze są wtedy, gdy słońce zachodzi „na zażar”, czyli krwawo.
- Oddziaływanie: nocnice to bardzo niebezpieczne upiry. Mogą dokuczać ludziom, począwszy od drobnych psot aż po ciężkie uszkodzenia ciała, a nawet odebranie życia.

Wierzono, że powodują nocny płacz dziecka oraz chorobę poporodową u kobiet. Mogą zsyłać na śpiących koszmary, a także dusić śpiące dzieci.

- Jak je zabić: nie można ich pokonać. Można jedynie je odstraszyć. Na nadgarstku niemowlęcia należy przewiązać ochronną czerwoną wstążeczkę. W ten sam sposób powinno się przystroić okna i drzwi, jeśli podejrzewamy, że nawiedza nas nocnica. Innym sposobem w przypadku powtarzających się odwiedzin demonów było przybicie do drzwi martwej sroki.

Notatki

15

Luty

16

Luty

17

Luty

18

Luty

19

Luty

20

Luty

21

Luty

22

Luty

Piękna jak… szeptucha, część 1

Nagietkowy tonik ściągający do cery tłustej

- Skład: 1 łyżka kwiatów nagietka, 1 łyżka wyciągu z oczaru wirginijskiego, 1 szklanka wody
- Przygotowanie: Kwiaty rozgnieć, zalej gorącą, ale nie wrzącą wodą. Przykryj naczynie i odstaw na pół godziny. Przecedź napar przez czystą gazę i dodaj do niego wyciąg z oczaru. Wymieszaj i przelej do słoika. Szczelnie zakręcony przechowuj w lodówce do 5 dni.
- Stosowanie: Dwa razy dziennie przecieraj tonikiem twarz. Po dwóch tygodniach stosowania skóra będzie gładka i napięta.

Chrzanowy tonik rozjaśniający

- Skład: średniej wielkości korzeń chrzanu, 2 szklanki mleka
- Przygotowanie: Korzeń zetrzyj na tarce o drobnych oczkach. Zalej mlekiem i zagotuj. Po ostudzeniu odcedź i przelej do szczelnie zamkniętego słoika. Trzymaj w lodówce.
- Stosowanie: Przed użyciem podgrzej, ale nie doprowadzaj do wrzenia! Ciepłym tonikiem przemywaj twarz dwa razy dziennie. Przebarwienia i piegi powinny się rozjaśnić po tygodniu stosowania.

Tonik z octu jabłkowego na zmiany skórne

- Skład: ½ szklanki octu jabłkowego, 1 szklanka wody
- Przygotowanie: Wodę przegotuj i ostudź. Wymieszaj dokładnie z octem. Całość przechowuj w szczelnie zamkniętym słoiku. Nie trzeba przechowywać go w lodówce.
- Stosowanie: Przemywaj twarz dwa razy dziennie. Może przesuszać skórę, więc stosuj po nim kremy.

Tonik do skóry wrażliwej

- Skład: garść ususzonych kwiatów rumianku, garść ziaren owsa, 2 szklanki wody, 2 łyżki płynnego miodu
- Przygotowanie: Zalej owies taką ilością wody, by przykryła nasiona. Odstaw go na noc. Na drugi dzień przecedź ziarna. Do wody z owsa dolej dwie szklanki czystej wody i ją zagotuj. Wsyp do niej rumianek i trzymaj pod przykryciem 20 minut. Po ostudzeniu dodaj miód. Dokładnie wymieszaj. Trzymaj w lodówce, w szczelnie zamkniętym słoiku.
- Stosowanie: Przemywaj twarz dwa razy dziennie przez co najmniej tydzień.

23
Luty

24
Luty

25
Luty

26
Luty

Zagadki z okolic Lubelskiego, od Krasnegostawu i Gorzkowa

1. W gaju rosło, liście miało. Teraz pożywia duszę i ciało.
2. Łysy dziad, ślepa babka, szalony zięć i płaska matka.
3. Czarna krowa, co pod niebem lata.
4. Stoi pałka, a na niej gałka. Mógłbym przysiąc, ma dzieci tysiąc.
5. W lesie ścięte, do domu wzięte. Na ścianie wisiało, na rączkach śpiewało.
6. Białych owieczek pełny chleweczek. Czerwony byczek pomiędzy nimi.
7. W jednej baryłce dwa trunki. Nie ma w niej czopa ni dziurki.

Odpowiedzi: 1 – łyżka drewniana; 2 – księżyc, noc, wiatr i ziemia; 3 – chmura; 4 – mak; 5 – skrzypce; 6 – zęby i język; 7 – jajko

27
Luty

28
Luty

29

Luty

Twarz Marzanny wykonano z papier mâchè, a włosy z żółtej włóczki zapleciono w dwa sięgające pasa warkocze. Na szyi zawieszono jej drewniane czerwone korale.

Odruchowo poprawiłam sobie wąską czarną chustkę w czerwone kwiaty, którą obwiązałam kok w stylu pin-up.

– Jak żywa.

Drgnęłam przestraszona. Nie zauważyłam, że Jaga do mnie podeszła.

– W tym roku kółko gospodyń wyjątkowo się postarało – kontynuowała swoje rozważania szeptucha.

– Tak – przyznałam. – Jest odrobinę niepokojąca.

Jej namalowane czerwoną farbą usta wydawały się drwiąco uśmiechać.

– Zupełnie jakby na nas patrzyła – dodałam.

Szeptucha

Nalewka czosnkowa

Składniki:

- 1,5 główki czosnku
- ¾ litra wódki
- 1 szklanka spirytusu spożywczego
- 1 szklanka płynnego miodu
- 1,5 cytryny

Przygotowanie:

- Obrane ząbki czosnku pokrój w cienkie paseczki.
- Cytrynę dokładnie umyj i pokrój w ćwiartki.
- Zalej całość miodem, wódką i spirytusem.
- Odstaw na 2 tygodnie w ciemnym miejscu.
- Zlej znad osadu przez gazę i przelej do butelek.
- Odstaw na 2–3 miesiące w ciemnym miejscu.

Właściwości nalewki czosnkowej: Wspomaga organizm w infekcjach, poprawia pracę serca oraz obniża cholesterol. Bywa nazywana eliksirem młodości.

Marzec

1

Marzec

2

Marzec

3

Marzec

4

Marzec

5
Marzec

6
Marzec

Demoniczne istoty i jak je zabić

Leszy

- Pochodzenie: istota pierwotna, nie powstał z człowieka.
- Miejsce bytowania: to opiekun drzew. Jego wzrost jest ściśle związany z wiekiem lasu. W młodszych partiach puszczy będzie znacznie niższy, w otoczeniu starodrzewia może osiągnąć nawet dwa metry.
- Cechy szczególne: często ubrany w mundur leśnika. Występuje pod postacią starszego mężczyzny.
- Oddziaływanie: może pomagać ludziom poprzez wskazywanie im drogi w lesie bądź chronić ich przed dzikimi zwierzętami. Jednak kłusownicy i drwale powinni uważać. Równie dobrze może mylić drogę oraz atakować pod postacią niedźwiedzia lub dzika.
- Jak go zabić: nie można go zabić, ale jeśli chcesz spróbować – powodzenia!

7

Marzec

8

Marzec

9
Marzec

10
Marzec

11

Marzec

12

Marzec

Neosłowiański horoskop – Babka

(dla urodzonych między 19 lutego a 20 marca)

Babka lancetowata to bylina stosowana przez naszych przodków w ziołowych mieszankach na bóle brzucha i niestrawność oraz w okładach na skaleczenia i urazy (okłady z surowych liści). Wykonywano z niej również syropy na uciążliwy kaszel. Jako roślina niezwykle wytrzymała, powszechnie rosnąca na uczęszczanych drogach, była uważana za wyjątkowo silne zioło.

Wykorzystywano ją także jako antidotum na czary miłosne rzucone wbrew woli. By zadziałała, musiała być niestety podana w roztworze wodnym... w postaci lewatywy.

Babka jest symbolem bogini Dziewanny, odbicia lustrzanego swojej zimowej siostry – Marzanny. W przeciwieństwie do krewniaczki dziewica Dziewanna symbolizuje odrodzenie wiosny, narodziny życia oraz płodność. Według niektórych podań siostry są tak naprawdę jedną osobą, która umie zmieniać twarze.

Osoby urodzone w znaku Babki, obdarzone łaską Dziewanny, są pełne optymizmu i radości życia.

Nie przejmują się swoimi niepowodzeniami, w żadnym razie ich nie rozpamiętują. Są niezwykłe wrażliwe i uczuciowe, sprawiają często wrażenie kruchych. Uwielbiają otaczać innych opieką, chętnie doradzają, dzieląc się swoimi przeżyciami i doświadczeniami.

Nierzadko przejawiają zdolności magiczne, mają bardzo silnie rozwiniętą intuicję. Pomaga im to uniknąć wielu niebezpiecznych sytuacji. Bywają hipochondryczne, gdy zbyt głęboko wpatrują się w siebie. Niestety, dosyć łatwo popadają w nałogi.

Wyjątkowo lekko obdarzają innych miłością, uwielbiają flirtować, znajdować się w centrum uwagi. Często jest to uczucie niewinne i bezinteresowne, mimo to osoby urodzone w tym okresie bywają uważane za kochliwe oraz niestałe w uczuciach.

13

Marzec

14

Marzec

15

Marzec

16

Marzec

Okres przygotowań do równonocy wiosennej

17

Marzec

18

Marzec

19

Marzec

20

Marzec

Jare Gody

Zawołaj wiosnę, czyli twoja własna Marzanna!

Marzanna to bogini symbolizująca zimę, stagnację, a nawet śmierć. Z tego powodu nie jest mile widziana na wiosnę w naszym domu i zagrodzie. By sprowadzić życie i pożegnać Marzannę, należy przygotować kukłę przedstawiającą boginkę.

Kukłę wykonujemy ze słomy. Musimy ją stosownie przyodziać, a następnie ozdobić za pomocą korali lub wstążek. Może być rozmiarów dorosłego człowieka, ale nie jest to konieczne. Najważniejsze, by jak najdokładniej przedstawiała kobiecą postać.

Następnie kukłę należy przekazać pod opiekę dzieciom, by te podczas obchodów Jarego Święta zamoczyły ją w każdym zbiorniku wodnym oraz kałuży, którą znajdą. Wieczorem kukłę Marzanny, nieco już co prawda zniszczoną, należy oficjalnie wyprowadzić ze wsi/miasta, okadzić płonącymi gałązkami jałowca, a następnie utopić (w niektórych rejonach Polski preferuje się jej spalenie, a następnie utopienie resztek).

Uwaga!

- Zatopionej wieczorem kukły nie należy już dotykać, ponieważ może nam od tego uschnąć ręka.
- Wracając do domu po topieniu Marzanny, nie możecie się odwracać, żeby sprawdzić, czy mara na pewno utonęła. Nawet krótkie spojrzenie przez ramię ześle na nas chorobę w nadchodzącym roku.
- Jednak najgorsze jest potknięcie się podczas drogi powrotnej do domu, ponieważ oznacza, że w nadchodzącym roku czeka nas... rychła śmierć.

21

Marzec

22

Marzec

23
Marzec

24
Marzec

25

Marzec

26

Marzec

Jare Święto

To słowiańskie święto przypadające w okresie równonocy wiosennej, trwające kilka dni. Jest celebracją budzącej się wiosny.

Zgodnie z wierzeniami naszych przodków to właśnie w czasie równonocy budził się do życia bóg Jaryło. Pojawiał się na ziemi pod postacią przystojnego mężczyzny jadącego na białym koniu. Wedle niektórych źródeł był ubrany na biało, ale miał bose stopy, według innych... w ogóle nie przejmował się ubraniem i obuwiem. By ponownie zapanowała wiosna, musiał zgładzić swojego poprzednika, starego już Jaryłę, a następnie zesłać na ziemię pierwszy wiosenny deszcz, czyli swoje nasienie.

Inna boginka – tym razem Marzanna, musiała ustąpić miejsca swojej siostrze Dziewannie. Marzanna, będąca symbolem zimy, śmierci i rozkładu, znajdowała swoich przeciwników głównie w wesoło bawiących się ludziach. Do dzisiaj jedną z polskich tradycji jest wykonanie słomianej kukły Marzanny i symboliczne utopienie jej w rzece lub spalenie.

Podczas obchodów Jarego Święta zbierano się i rozpalano ogniska, w których składano ofiary (żertwę) bogom, by wybłagać ich o pogodną wiosnę i urodzajne plony. Każdy mógł zabrać później płonącą tym ogniem żagiew do domu, by zyskać tak zwany żywy ogień.

Okres równonocy wiosennej to bardzo wesoły czas, w którym ludzie robili sobie drobne psikusy w śmigusa, odwiedzali się w domach i dawali sobie prezenty pod postacią często bardzo pięknie udekorowanych jajek. Jajka były symbolem rodzącego się życia, czyli wiosny.

Z kolei w dyngusa (stanowiącego kiedyś osobne święto) nasi przodkowie dokonywali oficjalnej pierwszej wiosennej kąpieli, gdy nie bojąc się wodnych demonów, zanurzali się w okolicznych rzekach i jeziorach. Ku zdrowotności obijali się także brzozowymi witkami, by wygnać ze swoich ciał chorobę. W dobrym tonie było także na znak sympatii polać wodą dziewczynę, która wpadła młodzieńcowi w oko.

27

Marzec

28

Marzec

29

Marzec

30

Marzec

31

Marzec

Zasady zbierania ziół

- Pamiętaj, że najlepiej zbierać zioła w pogodne dni tuż po wyschnięciu rosy porannej bądź przed pojawieniem się rosy wieczornej. Jeśli zetniesz wilgotne zioła, mogą sczernieć.
- Jeśli potrzebujesz do swoich mikstur kwiatów – zbieraj tylko te w pełni rozkwitnięte.
- Liście nie powinny mieć uszkodzeń i plam. Częściowo zjedzony przez owada listek na pewno jest smaczny, jednak szanująca się szeptucha nie powinna go używać.
- Korzenie najlepiej zbierać, gdy roślina nie wypuści jeszcze liści, czyli wczesną wiosną. Wtedy jest w nich najwięcej substancji leczniczych. Korzenie umyj dokładnie z ziemi, odetnij drobne poboczne korzonki, pokrój na małe kawałki i ususz.
- Owoce zbieraj zawsze dojrzałe, ale nie przejrzałe.
- Połóż zioła jak najszybciej po zebraniu cienką warstwą na płótnie lub papierze. Susz je w ciemnym, suchym miejscu. Zapewnij im dobry przewiew powietrza.

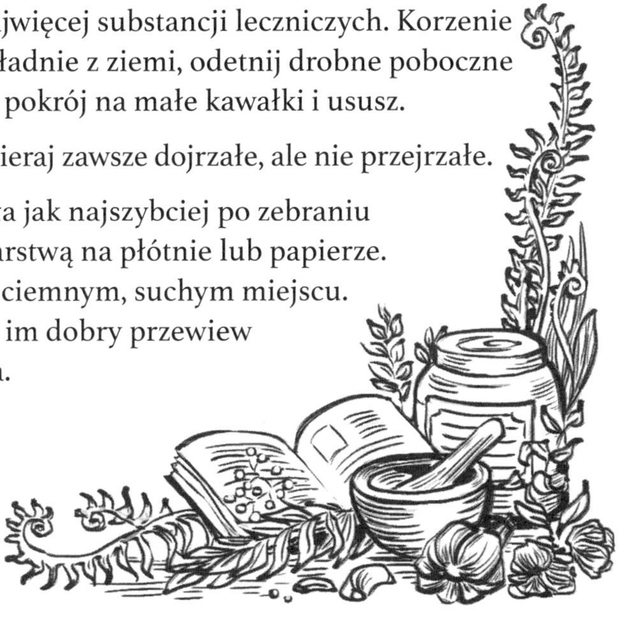

Podpłynął do mnie i stanął naprzeciwko na kamienistym dnie. Byliśmy w takim miejscu jeziora, że mnie woda sięgała do ramion, a jemu do połowy klatki piersiowej. Uśmiechał się szeroko.

– I jak? Nie widzę żadnych rusałek, które mogłyby nas utopić.

– No może. – Rozejrzałam się czujnie. – Ale wiesz, jest pełnia. One podobno wyłażą wtedy ze swoich legowisk i tańczą na brzegach. Ja co prawda nie wierzę w takie rzeczy, ale jakby co, to nie mam piołunu, który mógłbyś sobie wsadzić w kieszeń, żeby je odpędzić.

– A ja nie mam na sobie niczego z kieszeniami – odparł wesoło.

Szeptucha

Krótka ściągawka z działania wybranych ziół – część 1:

Zioło	Najważniejsze działanie
Babka lancetowata	Nieprzetworzone liście babki stosowane jako okład pomagają w gojeniu się ran, oparzeń oraz czyraków. Mają właściwości antybakteryjne i odkażające. Liście przetworzone na syrop mają działanie wykrztuśne i rozkurczające mięśnie gładkie. W naparach wodnych liście tracą działanie przeciwbakteryjne, działają jednak wspomagająco w bólach brzucha, biegunkach i wymiotach.
Bez czarny	Działanie lecznicze mają zarówno kwiaty, jak i owoce. Napar z kwiatu działa przeciwgorączkowo, napotnie, moczopędnie, przeciwbólowo, hipolipemicznie oraz przeciwwirusowo.
Bylica piołun	W większych dawkach roślina trująca! Ze względu na gorycz stosowana doustnie ma działanie żółciopędne, poprawia trawienie, jest także środkiem używanym w robaczycach. Stosowana zewnętrznie zabija pasożyty takie jak wszy i świerzbowce.

Chmiel zwyczajny	Ma działanie uspokajające, nasenne. Pomocniczo stosowany w schorzeniach gruczołu krokowego. Napary używane zewnętrznie wykazują działanie bakteriobójcze.
Dziewanna drobnokwiatowa	Roztwór alkoholowy ze zmiażdżonych kwiatów i liści stosuje się na krwawe wybroczyny, otarcia i stłuczenia. Napar z kwiatów działa moczopędnie i przeciwbólowo, a także wykrztuśnie. Dziewanna ma udowodnione działanie przeciwko niektórym wirusom grypy. Zaleca się ją w schorzeniach wątroby, przyspiesza jej regenerację.
Dziurawiec zwyczajny	Ma działanie uspokajające, jest pomocny w bezsenności, migrenach i depresji. Poza tym działa dezynfekcyjnie, żółciopędnie i żółciotwórczo oraz przeciwzapalnie. Podczas stosowania dziurawca należy unikać słońca! Mogą powstać nieodwracalne zmiany skórne!
Jasnota biała	Ma działanie przeciwzapalne, moczopędne i ściągające. Napar jest stosowany w bolesnym miesiączkowaniu, zmniejsza krwawienie.

Jeżówka purpurowa	Poprawia odporność. Należy ją stosować w przeziębieniach. Nie wolno jej stosować przy zaburzeniach systemu immunologicznego oraz w ciąży.
Jeżyna	Odwar z liści ma działanie napotne, wspomaga leczenie schorzeń gardła, zwłaszcza anginy, gdyż działa przeciwbólowo. Zewnętrznie liście stosowane w kąpieli łagodzą schorzenia skóry.
Konwalia majowa	Bardzo silne działanie! Wzmacnia siłę skurczu serca oraz zmniejsza częstość skurczów.
Kozłek lekarski	Kłącze i korzeń w roztworach alkoholowych to tak zwane krople walerianowe. Ma działanie uspokajające.
Macierzanka tymianek	Ma działanie bakteriobójcze oraz grzybobójcze. Dodatkowo działa wykrztuśnie, przez co wykorzystuje się go podczas leczenia infekcji przebiegających z kaszlem. Poprawia apetyt.
Melisa lekarska	Działa uspokajająco, nasennie, przeciwbólowo w migrenach i bólach menstruacyjnych. Stosowana zewnętrznie w kompresach zmniejsza obrzęki.
Mniszek pospolity	Ma działanie żółciopędne i przeciwskurczowe, kwiaty dodatkowo są moczopędne. Pomocniczo bywa stosowana w początkowych stadiach cukrzycy.

Kwiecień

1

Kwiecień

2

Kwiecień

3

Kwiecień

4

Kwiecień

5

Kwiecień

6

Kwiecień

Demoniczne istoty i jak je zabić

Zmora

- Pochodzenie: to dusza człowieka, przeważnie kobiety. Bardzo rzadko zdarzały się męskie zmory. Taka osoba przed śmiercią prowadziła niegodziwe życie bądź była tylko o takie prowadzenie się oskarżana! Co ciekawe, zmorą można było zostać nie tylko po śmierci, ale także za życia! Osoby cechujące się bardzo dużą niegodziwością potrafiły bowiem nieświadomie odłączać swoją duszę od ciała podczas snu, by sprowadzać na sąsiadów lub członków rodziny nieszczęścia. Wedle jednego z podań zmorą zostawała siódma córka.
- Miejsce bytowania: skupiska ludzkie. Zakrada się nocą do domów sąsiadów, by ich dręczyć.
- Cechy szczególne: pojawia się pod postacią wysokiej kobiety o bardzo długich nogach i lekko przezroczystym ciele. Najlepiej widoczna jest w świetle księżyca. Potrafi jednak zmieniać kształty, by pod postacią ćmy, myszy, żaby lub komara, a także przedmiotów martwych, takich jak gałązka, przedostać się do domu swojej ofiary.

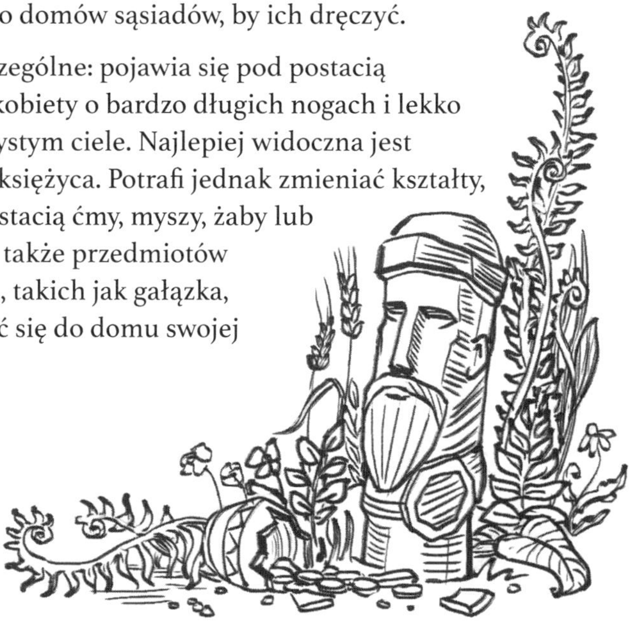

- Oddziaływanie: w nocy siada na piersi nieszczęśnika i wysysa z niego krew za pomocą małego ukłucia, które po przebudzeniu nie jest prawie w ogóle widoczne. Może także wysysać krew wypływającą z nosa. Dręczony przez zmorę człowiek jest sparaliżowany i nie może się bronić. Rano budzi się osłabiony i bardzo zmęczony. Niektóre zmory po zaspokojeniu głodu wędrowały do stajni, gdzie dosiadały na oklep konia swojej ofiary i udawały się na szaleńczą przejażdżkę, doprowadzając zwierzę do skrajnego wyczerpania. Czasami zmory zabijały zwierzęta gospodarskie.
- Jak ją zabić: można ją zabić, ale tylko wtedy, gdy uda nam się ją złapać pod postacią zwierzęcia. Zmora w kobiecej postaci jest półmaterialna, więc wszelkie ostrza i kule przejdą przez nią na wylot. Jeśli zmora powstaje z żywego człowieka, teoretycznie można się jej pozbyć, zabijając kłopotliwego sąsiada lub sąsiadkę. Nie gwarantuje nam to jednak, że żądny zemsty sąsiad nie wróci po śmierci pod tą samą postacią. Istnieje mnóstwo sposobów na oszukanie zmory, jednak żaden nie jest w pełni skuteczny. By ją oszukać, przestawiano łóżka w inną stronę, kładziono się na opak z głową w nogach łóżka bądź na brzuchu, smarowano złożone na piersi dłonie kałem bądź najadano się przed snem czosnku. Z kolei by uchronić konia od zajechania go przez zmorę na śmierć, należało na drzwiach stajni powiesić lustro... Zmora przestraszona swoją brzydotą miała rzekomo uciec.

7

Kwiecień

8

Kwiecień

9

Kwiecień

10

Kwiecień

11

Kwiecień

12

Kwiecień

Neosłowiański horoskop – Leszczyna

(dla urodzonych między 21 marca a 19 kwietnia)

Leszczyna to krzewy i drzewa, których owocami są orzechy. Orzechy te były uważane przez naszych przodków za symbole życia i płodności. Poza tym miały bardzo silne właściwości magiczne. Na Pomorzu wierzono, że wrzucone do trumny mogą zostać zabrane przez dusze do zaświatów do przekupienia złych duchów. Rozsypane na posesji odstraszały upiry. Z kolei noszone w kieszeni pomagały... na bóle zębów. Według naszych przodków gałązka leszczyny także miała działanie magiczne, ponieważ odstraszała wąpierze i czarownice.

Płodna leszczyna jest symbolem boga wiosny Jaryły. Jaryło każdego roku rodzi się na nowo i pod postacią przystojnego, bosego, ubranego na biało (czasami nagiego) mężczyzny schodzi na ziemię podczas Jarych Godów, czyli celebracji wiosny. By życie narodziło się na nowo, musi zabić swojego poprzednika, starca, zeszłorocznego boga Jaryłę. Zgodnie z legendami pierwszy wiosenny deszcz to jego nasienie, którym zapładnia ziemię.

Osoby urodzone pod znakiem leszczyny, obdarzone łaską Jaryły, są niezwykle serdeczne i życzliwe. Nie lubią się kłócić, są świetnymi mediatorami. Znane są ze swojej skłonności do poświęceń, zwłaszcza w stosunku do osób, które darzą miłością. Często działają, zanim zdążą pomyśleć, przez co bywają uważane za lekkomyślne. Zdarza się, że cechuje je nadmierna brawura, nie przejmują się swoim zdrowiem.

Ich największą wadą jest naiwność. Starają się widzieć w innych tylko dobre cechy, co nie zawsze dobrze się dla nich kończy. Zdarza się, że przez zbytnią ufność popadają w kłopoty finansowe. Przez całe życie Leszczyny pozostają młode duchem. Uwielbiają podróże, nie boją się wyzwań.

W miłości są kapryśne, wciąż szukają idealnego partnera. Często zmieniają zdanie. Wierność nie jest ich mocną stroną.

13
Kwiecień

14
Kwiecień

Demoniczne istoty i jak je zabić

Wąpierz

- Pochodzenie: człowiek, raczej mężczyzna, zmarły gwałtowną śmiercią.
- Miejsce bytowania: cmentarze, a w obecnych czasach nocne kluby.
- Cechy szczególne: znaczna siła fizyczna, zdolność do mącenia myśli ofiary oraz hipnozy, skóra o czerwonawym zabarwieniu, często deformacja zębów lub nosa, zdolność do latania i niewidzialności.
- Oddziaływanie: wysysa z ofiary krew podczas kolejnych spotkań. Jeśli do cna ją osuszy, istnieje niebezpieczeństwo, że ofiara także zmieni się w wąpierza.

- Jak go zabić: należy znaleźć grób, którego właściciel zamiast sinego koloru skóry i zapadniętych policzków ma ładną, różowiutką, a nawet czerwonawą cerę. Trupa należy przewrócić na brzuch. W czaszkę wbić żelazne gwoździe (bądź kolce głogu), odrąbać głowę, a całe ciało posypać ziarnami maku. Ewentualnie głowę wąpierza można przed zamknięciem trumny wsadzić mu między nogi. Po takich zabiegach już nie wstanie.

Notatki

15

Kwiecień

16

Kwiecień

17

Kwiecień

18

Kwiecień

Z dziennika babci szeptuchy
Jak pozbyć się przestrachu

Przestrach to choroba najczęściej dotykająca małe dzieci. Przeważnie jej źródłem jest osoba trzecia (najczęściej pies albo drugi człowiek).

- Objawy: paraliż obejmujący czasem całe ciało, bóle głowy, bezsenność.
- Składniki: biała chustka, garnek z zimną wodą, wosk pszczeli.
- Przepis: Zawiąż na głowie chorego białą chustkę, następnie postaw na niej garnek z wodą. Musisz okrążyć pacjenta trzy razy z zapaloną świecą. Następnie przelej wosk ze świecy do garnka i odczytaj z jego zaschniętego kształtu, co było przyczyną choroby. Jeśli w rzeźbie z wosku pojawiły się pęcherzyki powietrza i guzki, to bardzo dobrze. Część przestrachu wydaliła się z organizmu i przeszła do wosku. W takim wypadku należy powtarzać zabieg co kilka dni, aż wosk wyciągnie z pacjenta całą chorobę.

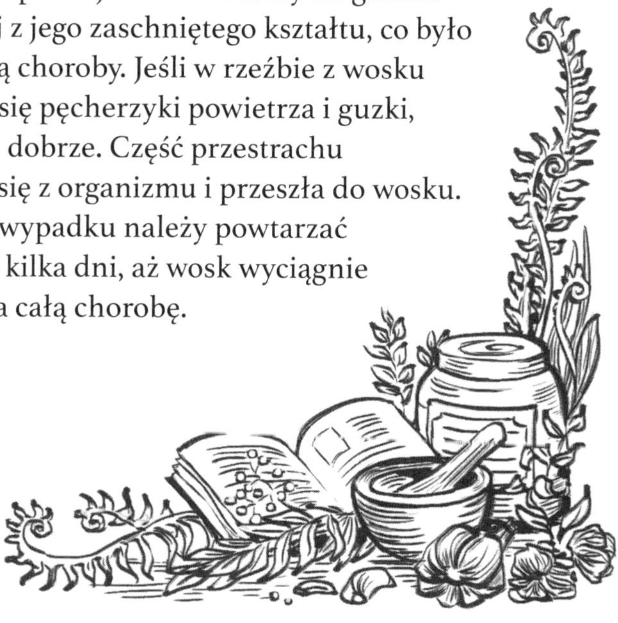

19

Kwiecień

20

Kwiecień

21

Kwiecień

22

Kwiecień

Nalewka cytrynowa

Składniki:

- 1 kg cytryn
- 1 kg cukru
- 1 l spirytusu
- 1 l mleka
- ewentualnie kilka goździków

Przygotowanie:

- Cytryny bardzo dokładnie umyj i wyszoruj mydłem. Można je przelać wrzątkiem. Osusz je ręcznikiem.
- Obierz cytryny, usuń dokładnie biały miąższ pod skórką, ponieważ to on nadaje goryczy. Pokrój skórki i cytryny na drobne plasterki.
- Przesyp cytryny do słoja, zasyp cukrem oraz zalej mlekiem i alkoholem. Możesz dodać goździki. Szczelnie zakręcony słoik odstaw w ciemne i chłodne miejsce na miesiąc.
- Co kilka dni potrząsaj słojem.
- Po miesiącu zlej nalewkę przez czystą gazę. Powstałą nalewkę przelej do butelek i odstaw na co najmniej miesiąc w ciemne i chłodne miejsce.

Właściwości nalewki z cytryny: Orzeźwiająca, choć czasem gorzkawa, wspomaga organizm dużą dawką potrzebnych witamin. Działa także na niestrawność.

23

Kwiecień

24

Kwiecień

25

Kwiecień

26

Kwiecień

Istoty demoniczne, krótka charakterystyka

- **Cechy wspólne:** ciemne, czasami czerwone zabarwienie skóry (do dzisiejszych czasów pozostało powiedzenie „czerwony jak upiór"), niewidzialność, skrzenie się, błyszczenie, gęste owłosienie, zrośnięte brwi, zniekształcone zęby, zwierzęce stopy, duże oczy, brak pleców (tłumaczony niemożnością zajścia takiej istoty od tyłu).
- **Możliwe działanie:** łaskotanie, zatańcowywanie na śmierć, duszenie, wypijanie krwi, rozszarpywanie na strzępy, topienie, doprowadzanie do szaleństwa, podmienianie niemowląt, oszukiwanie śpiewem, kłamstwa.
- **Kto z ludzi najczęściej może stać się demonem:** topielec, wisielec, samobójca, poronione dziecko, kobieta zmarła przed ślubem, kobieta zmarła w dniu ślubu, kobieta zmarła tuż przed nocą poślubną, kobieta zmarła w połogu (w demonologii nie ma równouprawnienia).

27

Kwiecień

28

Kwiecień

29

Kwiecień

Święto Welesa

30

Kwiecień

Podszedł do leża. Kobieta nie była skończoną pięknością, jednak do brzydkich także się nie zaliczała. Miała dwadzieścia pięć wiosen, ale jej skóra nadal była gładka i rumiana. Dagome usiadł na brzegu posłania.

Powieki kobiety zatrzepotały, gdy się przebudziła. Otworzyła usta do krzyku, ale mężczyzna szybko przykrył je dłonią. Przyciągnął kobietę do siebie i szepnął:

– Nie przybyłem, by cię skrzywdzić, księżniczko. Jestem Dagome, twój przyszły małżonek. Nie krzycz, to zabiorę rękę.

Kobieta kiwnęła głową.

– Panie, co tu robisz?! – szepnęła wściekła.

– Porywam cię, księżniczko.

Noc Kupały

Krótka ściągawka z działania wybranych ziół – część 2:

Zioło	Najważniejsze działanie
Nagietek lekarski	W lecznictwie używamy kwiatów. Zewnętrznie stosuje się je w uszkodzeniach skóry, przyspieszają gojenie. Stosowany na błony śluzowe ma działanie przeciwzapalne i przeciwrzęsistkowe. Stosowany dospojówkowo łagodzi podrażnienia i działa przeciwbakteryjnie. Stosowany wewnętrznie zwalcza nieżyt żołądka.
Perz właściwy	Działa moczopędnie i słabo przeczyszczająco – był używany do oczyszczania organizmu z trucizn. Poza tym działa bakteriobójczo i przeciwgorączkowo.
Pierwiosnek lekarski	Odwar rozrzedza wydzielinę śluzową w oskrzelach i w nosie, ponadto pomaga w bezsenności, migrenach. Okłady z odwaru zmniejszają obrzęki.

Pokrzywa pospolita	Pobudza przemianę materii, działa pomocniczo w niedokrwistości, działa przeciwwirusowo, pobudza produkcję kwasów żółciowych, hamuje przerost prostaty, stosowana zewnętrznie wspomaga gojenie ran.
Rdest ptasi	Działa moczopędnie. Zewnętrznie można stosować go na krwawiące, niegojące się rany.
Rokitnik zwyczajny	Wzmaga odporność, działa przeciwbólowo, zawiera bardzo dużo witamin (C, A, E, K, kwas foliowy), maseczki i kremy na twarz opóźniają starzenie skóry i zmniejszają przebarwienia.
Róża dzika	Owoce zawierają wiele witamin: C, A, B1, B2, E, K, oraz kwas foliowy. Ma działanie wzmacniające, słabo moczopędne i rozkurczające.
Rumianek pospolity	Działa przeciwzapalnie i przeciwskurczowo w schorzeniach przewodu pokarmowego. Ma także działanie przeciwalergicznie. Zewnętrznie działa łagodząco w schorzeniach zapalnych skóry.

Skrzyp polny	W większych dawkach jest trujący! Ma działanie moczopędne, przeciwzapalne, przeciwkrwotoczne. Zapobiega tworzeniu się kamieni moczowych i żółciowych. Wspomagająco bywa stosowany w łuszczycy i przy wypadaniu włosów.
Ślaz dziki	Działa osłonowo w nieżytach górnych dróg oddechowych, łagodząc podrażnienia. Łagodzi kaszel, ułatwia odkrztuszanie.
Wrotycz pospolity	Stosowany zewnętrznie na wszy i pasożyty skórne. Doustnie dawniej wykorzystywano go do wywołania menstruacji.

Maj

1

Maj

2

Maj

3

Maj

4

Maj

5

Maj

6

Maj

Demoniczne istoty i jak je zabić

Wiły

- Pochodzenie: panny i młode mężatki, które nie zdążyły nacieszyć się życiem.
- Miejsce bytowania: lasy, a w ostatnich latach szkoły tańca.
- Cechy szczególne: zwykle występują w grupach, są piękne, lubią nosić długie spódnice (częściowo może to być spowodowane tym, że zamiast stóp niektóre mają końskie kopyta), mają długie włosy, umieją pięknie tańczyć, są bardzo zazdrosne o żywe kobiety, mogą zamieniać się w konie i sarny.
- Oddziaływanie: jeśli ktoś odważył się z nimi zatańczyć, był zatańcowywany na śmierć.
- Jak je zabić: bardzo trudno było je złapać. Sposoby tradycyjne: odrąbanie głowy, żelazne gwoździe i ziarna maku – patrz: wąpierz (s. 107).

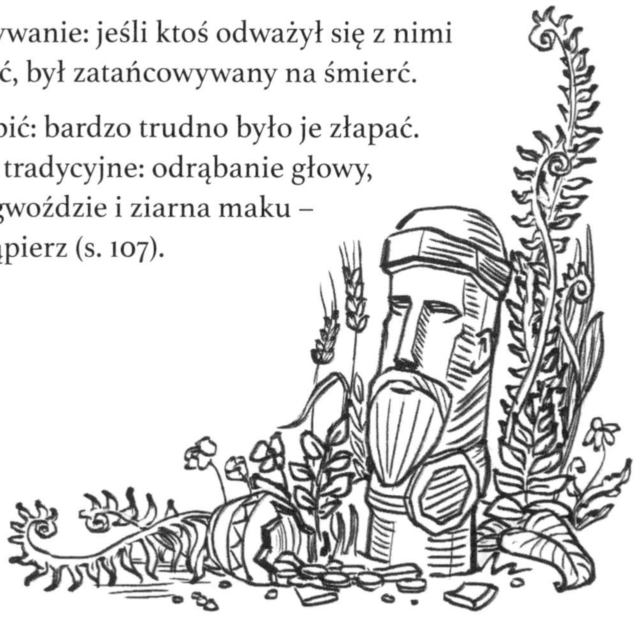

7

Maj

8

Maj

9

Maj

10

Maj

11

Maj

12

Maj

Neosłowiański horoskop – Jesion
(dla urodzonych między 20 kwietnia a 20 maja)

Jesion to popularne na naszych ziemiach drzewo. Dawniej z kory zdartej ze świeżych gałęzi wykonywano lecznicze mieszanki pomagające w chorobach reumatycznych oraz przy wzdęciach. Oprócz zastosowań w ziołolecznictwie jesion miał silne właściwości magiczne.

Zgodnie z legendami strzała wykonana z jesionowego drewna zawsze leciała prosto do celu. Nie mógł jej znieść wiatr. Z drewna jesionowego wykonywano również trumny dla osób, które mogłyby przejawić chęć powrotu na ziemię pod postacią upira. Jesion był także drzewem ochronnym. Wędrowiec śpiący w jego cieniu nie musiał się bać węży, ponieważ gady unikają tego drzewa.

Jesion jest symbolem Marzanny, boginki śmierci, zimy i zastoju. Znano ją również pod imionami Mara i Śmiercicha. Za jej panowania drzewa nie pączkują, kwiaty nie kwitną, a zwierzęta się nie rozmnażają. Na wiosnę ustępuje miejsca swojej siostrze Dziewannie, a sama rozpoczyna przygotowania do kolejnej zimy. Daje jednak jeszcze o sobie znać, zsyłając przymrozki w środku maja. Z boginką Marzanną jest do dzisiaj związanych wiele zwyczajów. By przegnać zimę, wykonuje się ze słomy jej kukłę, którą następnie należy utopić lub spalić (w niektórych regionach naszego kraju także zrzucić z wysokości).

Osoby urodzone w znaku Jesionu, obdarzone łaską Marzanny, są w przeciwieństwie do swojej patronki zaskakująco pogodne i ciepłe. Wędrują przez życie z optymizmem, mimo że pech ma wyjątkową skłonność do prześladowania ich. Nie przejmują się niepowodzeniami, ale nigdy o nich nie zapominają. Umieją uczyć się na błędach. Przejawiają duże zdolności poetyckie. Są ciekawe świata, chętnie podróżują.

Lubią rozmawiać i poznawać opinie innych ludzi. Są dobrymi mówcami. Znają także wszystkie okoliczne plotki. Nie cierpią samotności.

Są osobami bardzo rodzinnymi, które uwielbiają dzieci, chociaż zwykle wiążą się na stałe dość późno. Długo szukają idealnego partnera.

13

Maj

14

Maj

15

Maj

16

Maj

Demoniczne istoty i jak je zabić

Skarbnik

- Pochodzenie: duch stworzony mocą bogów.
- Miejsce bytowania: jaskinie, kopalnie i rozpadliska. Uwielbia przesiadywać w podziemnych korytarzach, gdzie pilnuje skarbów i rud metali. Wedle niektórych podań dba także o dusze górników i pomaga im przejść do zaświatów, gdy podczas pracy przydarzy im się wypadek.
- Cechy szczególne: przybiera postać zgarbionego starca ubranego w łachmany. W wyciągniętej dłoni trzyma lampę lub pochodnię. Jeśli jednak przyjrzeć mu się z bliska, można zauważyć fosforyzujące na zielono oczy, błyszczące niczym najprawdziwsze szmaragdy, oraz złote zęby.
- Oddziaływanie: sam z siebie nie wyrządza ludziom żadnej krzywdy. Jednak jego pojawienie się bardzo często zwiastuje nieszczęście, gdyż widoczny staje się tylko wtedy, gdy chce przestrzec

przed tąpnięciem korytarza lub innym nieszczęściem. Światło jego lampy wskazuje w takim momencie drogę ucieczki.

- Jak go zabić: jako że nie wyrządza nikomu specjalnie krzywdy, nie ma potrzeby, by z nim walczyć. Warto jednak zyskać sobie jego przychylność, pozostawiając mu drobne dary w postaci jedzenia. Sympatyzujący z nami skarbnik może nam wskazać drogę do zakopanej skrzyni pełnej złota.

Notatki

17

Maj

18

Maj

19

Maj

20

Maj

21

Maj

22

Maj

23
Maj

24
Maj

Demoniczne istoty i jak je zabić

Południca

- Pochodzenie: kobieta zmarła tuż przed ślubem lub chwilę po nim.
- Miejsce bytowania: pola uprawne, zwłaszcza w południe.
- Cechy szczególne: biała suknia, często chuda zasuszona sylwetka, spalona od słońca zbrązowiała skóra, długie pazury, bardzo ostry sierp, worek zarzucony na plecy. Czasami podróżuje w towarzystwie siedmiu czarnych psów.
- Oddziaływanie: jeśli spotkała w południe kogoś na swej drodze, zadawała mu zagadkę na temat uprawy lnu. Gdy nieborak nie znał odpowiedzi, łamała mu kości, dusiła, paraliżowała lub odcinała sierpem głowę. Napotkane dzieci chowała do worka i wynosiła do lasu lub zakopywała żywcem na polu. Potrafiła być też jednak pomocna – w ramach wolontariatu pilnowała granic pola, żeby sąsiad nie przesuwał złośliwie swojej miedzy.
- Jak ją zabić – patrz: wąpierz (s. 107).

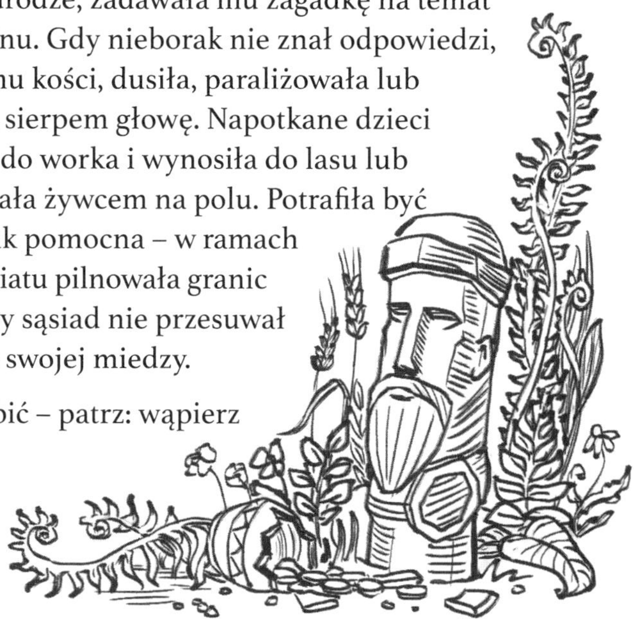

25
Maj

26
Maj

27

Maj

28

Maj

29

Maj

30

Maj

Z dziennika babci szeptuchy

Na bolaki gardła i chrypę

- Składniki: Chyba tylko silna wola...
- Przepis: Chory musi stanąć koło pieca i dmuchać w ogień. Koniecznie musi wykonywać zabieg na czczo.
- Komentarz Gosi: No ja nie wiem, o co chodzi. To mają być jakieś prehistoryczne inhalacje? Ale to chyba powinien wdychać ten dym, a nie w niego dmuchać...

Coby zwierzęta chętniej jadły

- Składniki: Koszula zdjęta z wisielca zakopanego co najmniej rok wcześniej.
- Przepis: Pocierać żłób materiałem z ubrania wisielca. W przypadku braku poprawy zabieg powtórzyć trzykrotnie, przez kolejne dni.
- Komentarz Gosi: A skąd ja mam wytrzasnąć koszulę wisielca? Wiem, że ich ciał się nie pali, tylko zakopuje, głównie na rozstajach dróg. Czy to znaczy, że mam teraz przekopać wszystkie skrzyżowania w poszukiwaniu martwego wisielca? A jak podczas odkopywania wstanie z martwych?!

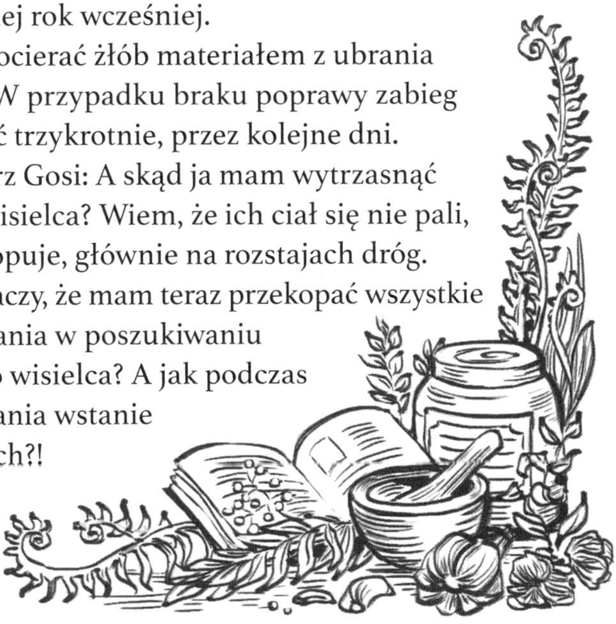

Nalewka z malin

Składniki:

- 1 kg dojrzałych malin
- 500 g cukru
- 0,5 l spirytusu
- 0,3 l wódki

Przygotowanie:

- Maliny umyj i usuń szypułki, następnie przesusz je ręcznikiem.
- Wrzuć maliny do dużego słoja, zasyp cukrem, a następnie zalej spirytusem i wódką. Zakręć szczelnie słoik i odstaw go w zacienione miejsce na 6 tygodni.
- Raz na dwa dni potrząśnij słojem, żeby wymieszać zawartość.
- Po 6 tygodniach odcedź nalewkę przez czystą gazę. Pozostałe w słoju maliny rozgnieć, by wycisnąć z nich sok, i przelej go także przez czystą gazę.
- Rozlej powstałą nalewkę do butelek. Odstaw je w ciemne i chłodne miejsce na 4 miesiące.

Właściwości nalewki z malin: Ma działanie napotne, posiada bardzo dużo witamin C, E oraz witamin z grupy B. Pomaga w zwalczaniu infekcji.

31

Maj

Nie miała na twarzy nawet grama makijażu. Wyraźnie widziałam rdzawe piegi nadające jej policzkom wygląd przepiórczego jaja. Zapadnięte oczy okolone były jasnymi, niewidocznymi rzęsami. Za to czerwone tęczówki wydawały się jarzyć w panującym pomiędzy drzewami półmroku.

Od razu ją poznałam. Nie miałam najmniejszych wątpliwości.

– Ote – szepnęłam.

Otworzyła szerzej oczy zdumiona moim głosem, ale zaraz uśmiechnęła się drapieżnie. Zauważyłam, że miała zęby ostre niczym kot. Kły wystawały odrobinę do przodu. Wyglądały, jakby je spiłowała.

– Widzę, że znasz moje imię – syknęła.

Jej głos w niczym nie przypominał tego, który słyszałam w wizjach. Nie miał w sobie nic ze słodyczy kwiatowego miodu.

Noc Kupały

Przepis Baby Jagi na ocet jabłkowy

Składniki:

- woda i jabłka (na 1 l wody potrzeba około 800 g jabłek). Nie muszą to być najładniejsze jabłka na drzewie. Można użyć nawet samych obierek
- miód – 100 g na 1 l wody, następnie 80 g na 1 l zalewy
- drożdże piekarskie – 10 g na 1 l wody
- suchy chleb razowy – 20 g na 1 l wody
- worek z gazy

Przygotowanie:

- Jabłek nie obieramy, jedynie porządnie je myjemy. Następnie należy je ugnieść lub zetrzeć na tarce na miałką masę.
- Przełożyć masę do miski i zalać przegotowaną, ciepłą (ale nie wrzącą!) wodą.
- Dodać miód, drożdże i suchy, rozdrobniony chleb. Odstawić do sfermentowania, najlepiej w temperaturze od 20 do 30 st. C.

- Przez pierwsze 10 dni mieszać powstałą zalewę 3 razy dziennie drewnianą łyżką.
- Masę odcisnąć w worku z gazy. Uzyskany płyn jeszcze raz przefiltrować przez gazę. Przelać do czystej miski.
- Na 1 litr otrzymanej zalewy dodać 80 g miodu lub cukru. Wymieszać i odstawić miskę, przykrytą gazą, w ciepłym miejscu.
- Czekamy około 1,5 miesiąca (nie dłużej niż 2 miesiące), aż płyn w misce zjaśnieje. Należy go ponownie przefiltrować przez gazę. Otrzymany ocet butelkujemy i szczelnie zamykamy. Należy go przechowywać w chłodnym miejscu.

Zastosowanie: Ocet jabłkowy ma wiele leczniczych właściwości, dlatego często stosuje się go w medycynie naturalnej. Najpopularniejsze zastosowania:

- Astma – czystym octem jabłkowym można nacierać klatkę piersiową, wspomaga oddychanie.
- Bóle głowy – przygotować kompres namoczony w roztworze wodnym octu jabłkowego (1/2 szklanki wody, 2 łyżeczki octu, 2 łyżeczki miodu).

- Oparzenia – poparzoną skórę zwilżyć gazą namoczoną w occie. Uśmierzy ból i zmniejszy ryzyko powstania blizny.
- Żylaki – rano i wieczorem przemywać octem skórę w miejscach, gdzie są żylaki. Poza tym dwa razy dziennie pić jedną szklankę ciepłej, przegotowanej wody z 2 łyżeczkami octu jabłkowego.
- Na ukąszenia owadów – przykładać okłady z gazy zwilżonej octem jabłkowym.
- Podczas odchudzania – przed każdym posiłkiem wypijać szklankę przegotowanej, ciepłej wody z dwiema łyżeczkami octu jabłkowego.

Czerwiec

1

Czerwiec

2

Czerwiec

Demoniczne istoty i jak je zabić

Bieda

- Pochodzenie: stworzona z nieszczęścia.
- Miejsce bytowania: skupiska ludzkie.
- Cechy szczególne: wysoka, chuda kobieta, potrafi zamieniać się w przedmiot. Ubrana w łachmany. Ogólnie mówiąc – sprawia dość biedne wrażenie.
- Oddziaływanie: gdy tylko przylgnie do jakiejś osoby, przynosi ze sobą najróżniejsze nieszczęścia. Zachowuje się jak pasożyt. Nie opuści żywiciela, dopóki ten nie zginie. Bardzo trudno domyślić się, w czym się ukryła.
- Jak ją zabić: jest nieśmiertelna. Można tylko spróbować się jej pozbyć. Nie jest to jednak proste. Przedmiot opętany przez biedę nie może zostać wyrzucony, bo sam magicznie do nas wróci. Jedynym rozwiązaniem jest podarować biedę komuś w prezencie, sprzedać ją bądź zmotywować jakiegoś złodzieja, by z własnej woli ją ukradł.

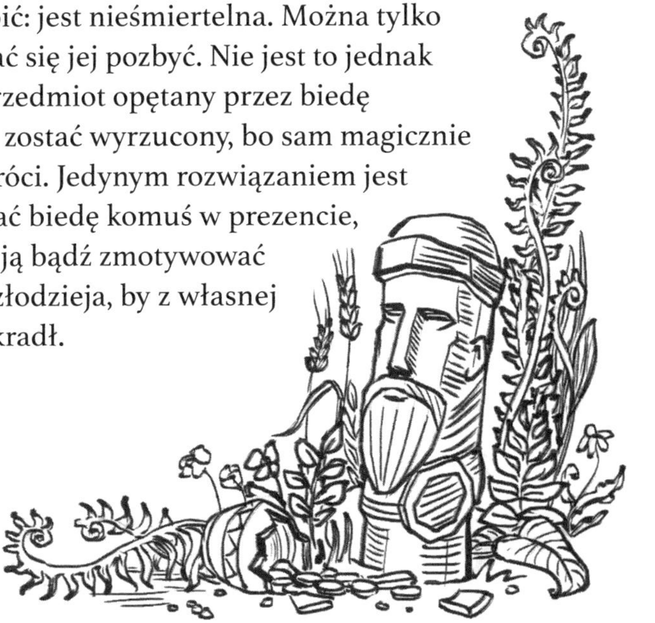

3

Czerwiec

4

Czerwiec

5

Czerwiec

6

Czerwiec

7

Czerwiec

8

Czerwiec

Zagadki świętokrzyskie – z okolic Dymin, Masłowa, Sukowa, Zagórza

1. W koszuli się rodzi, nago chodzi.
2. Stoi panna w cerwonych sukienkach. Jak ją rozbierają, to nad nią płakają.
3. Tocyła się ropucha, we śterdziestu kozuchach.
4. Panna młoda we dnie nie da, w nocy daje, a nie wstaje.
5. Jawnie się zjawiam, ledwie się zrodzę. W momencie z tego świata schodzę.
6. Co to za zwierzę, cztery nogi i pierze?
7. Co to jest takie, co zimne, a parzy?
8. Nie na tom cię brał, żebym z tobą spał. Tylko żebym swoje ciało w twoich kudłach grzał.
9. Biała rola, carne zboze.
10. Na wielgiej łące owiecek tysiące. A pośród łąki rozstajne drogi, a pasterz łysy, casem ma rogi.

Odpowiedzi: 1 – ser; 2 – cebula; 3 – kapusta; 4 – świeca; 5 – grzmot; 6 – łóżko; 7 pokrzywa; 8 – rękawice; 9 – pismo/książka; 10 – księżyc

9
Czerwiec

10
Czerwiec

11
Czerwiec

12
Czerwiec

Neosłowiański horoskop – Jarzębina
(dla urodzonych między 21 maja a 20 czerwca)

Jarzębina znana jest ze swoich właściwości ochronnych. Owoce oraz kora jarzębiny zaszyte w ubraniu odstraszały złe duchy, rozsypane dookoła domu stanowiły dla nich barierę nie do przejścia. Gałązka jarzębiny powieszona na drzwiach stodoły zabezpieczała krowy przed czarownicami, które mogłyby podkradać mleko. Przetwory z owoców jarzębiny stosuje się do dzisiaj w nieżytach przewodu pokarmowego.

Jarzębina symbolizuje boginię Lelę. To boginka wiosny, miłości, piękna i seksualności. Według niektórych źródeł Lela utożsamiana jest ze swoją matką, Ładą. Czasami nazywana jest Jutrzenką. Lela stanowi żeński odpowiednik Jaryły. Była opiekunką dzieci i młodych kobiet wkraczających w dorosłość. Zakochani zwracali się do niej z prośbami o rozbudzenie miłości u drugiej osoby. Była patronką narzeczonych.

Osoby urodzone w znaku Jarzębiny, obdarzone łaską Leli, nigdy nie zadowalają się półśrodkami. Uparcie dążą do celu. Bywają impulsywne.

Pragną czerpać z życia pełnymi garściami. Nienawidzą czekać, efekty swoich czynów chcą widzieć od razu.

Lubią żyć na wysokim poziomie, mają skłonność do szastania pieniędzmi. Uwielbiają otaczać się drogimi przedmiotami. Cenią oryginalność, cechuje je olbrzymia wyobraźnia. Będą najszczęśliwsze, jeśli zwiążą swoje życie ze sztuką.

Są stałe w uczuciach, nienawidzą zdrady i brzydzą się nią. Z powodu swojego niezbyt łatwego charakteru często mają trudność w znalezieniu partnera łatwo wybaczającego im napady złego humoru. W miłości uchodzą za niezwykle pomysłowych kochanków.

13

Czerwiec

14

Czerwiec

Demoniczne istoty i jak je zabić

Biali ludzie

- Pochodzenie: białe demony stworzone przez bogów.
- Miejsce bytowania: zamieszkują głównie region Warmii i Mazur. Można je spotkać w stojącej wodzie, na przykład w koleinach na drodze albo w kałużach.
- Cechy szczególne: występują pod postacią małych białych ludzików wielkości główki od szpilki.
- Oddziaływanie: roznoszą rozmaite choroby, głównie malarię, czyli febrę. Jeśli ktoś nieostrożnie choćby wszedł w kałużę, w której mieszkały, natychmiast wczepiały się w jego ubranie, a potem podczas snu wchodziły do wnętrza człowieka przez usta lub nos. Tam powodowały gorączkę, a następnie w większości przypadków śmierć.

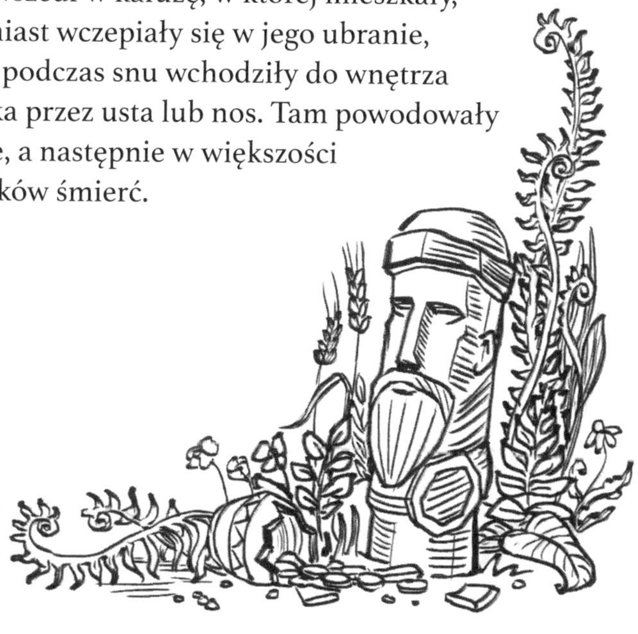

- Jak ich zabić: żeby się przed nimi zabezpieczyć, należało unikać brodzenia w podmokłych terenach oraz szybko suszyć przemoczone ubrania. Jeśli jednak biali ludzie zdołali już sprowadzić na nas febrę, wskazane było jak najszybsze zastosowanie odpowiedniego leczenia. Sposobów były dziesiątki. Można było spożyć źdźbło starej miotły na kanapce z masłem lub przed wschodem słońca udać się na cmentarz i rosą zebraną z któregokolwiek grobu obmyć sobie twarz. Czasami noszono także chleb pod pazuchą (zwłaszcza gdy gorączka trzęsła człowiekiem), a następnie wyrzucano ten chleb i chorobę na pole… sąsiada.

15

Czerwiec

Okres przygotowań do przesilenia letniego

16

Czerwiec

17

Czerwiec

18

Czerwiec

19

Czerwiec

20

Czerwiec

21

Czerwiec

Noc Kupały

22

Czerwiec

Noc Kupały

To słowiańskie święto miłości, płodności, urodzaju oraz radości. Podczas Nocy Kupały wielbiono dwa żywioły – ogień i wodę. Celebrowano ją w okresie przesilenia letniego, gdy przypada najkrótsza noc w roku. Tej nocy nie wolno było spać.

Tego wieczoru nikt nie spędzał samotnie. Nie należało też świętować go w domu. Na wzgórzach, a także w pobliżu jezior i rzek, rozpalano ogniska przy których spotykały się rodziny, przyjaciele, sąsiedzi. W ten jeden wieczór w roku wszystko było dozwolone. Panny i kawalerowie bez obecności przyzwoitek mogli ze sobą rozmawiać, wesoło się bawić, tańczyć, a także wybrać się do lasu na wspólne poszukiwania kwiatu paproci.

Podczas Nocy Kupały wróżono i szukano miłości. Najpopularniejszą i najbardziej znaną wróżbą czy może raczej zwyczajem było puszczanie przez panny wianków z przymocowaną do nich zapaloną świecą. Nie były to jednak byle jakie wianki. Każda panna na wydaniu przygotowywała swój bardzo starannie, ponieważ gdyby niefortunnie

zatonął, mogło to wywróżyć jej dość rychłą śmierć zamiast zamążpójścia.

Obowiązkowo nad zapalonym ogniskiem należało przeskoczyć. Miało to zapewnić zdrowie i oczyszczenie z chorób. Przeskoczenie przez ogień trzymającej się za ręce pary sprawiało, że na cały wieczór stawali się krótkoterminowym „małżeństwem".

Także kąpiel tej nocy miała zapewnić wyleczenie z wielu dolegliwości. Jednak należało uważać, ponieważ podczas tego święta bardzo aktywne stawały się wszelakie wodne demony, na przykład utopce i wodniki. Aby się przed nimi zabezpieczyć, do pasa przytraczano sobie bylicę piołun.

Panny usiłowały także wywróżyć sobie zawód przyszłego męża. W tym celu wyławiały proste drewniane figurki z balii wypełnionej wodą, kształtem sugerujące zawód bądź cechę charakterystyczną narzeczonego. Inne wróżby polegały na wyławianiu kolorowych nitek i odpowiedniej interpretacji zawiłości ich splotów bądź przesypywaniu ziaren fasoli i przeliczaniu łupin.

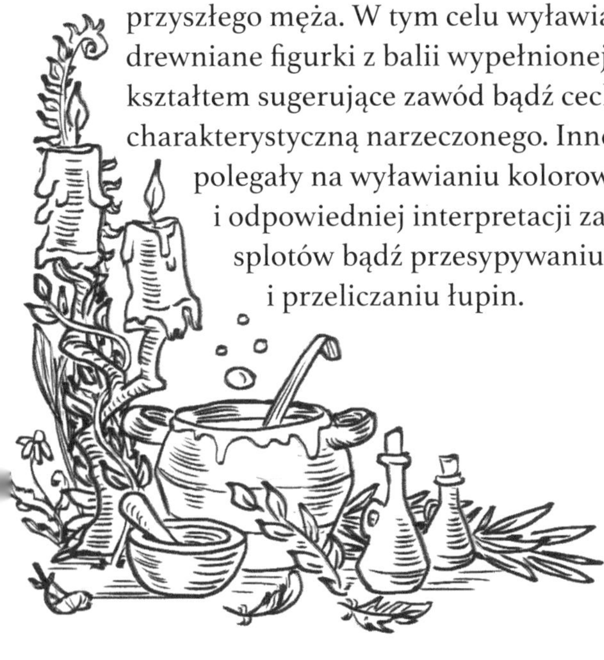

23
Czerwiec

24
Czerwiec

25

Czerwiec

26

Czerwiec

Demoniczne istoty i jak je zabić

Bannik

- Pochodzenie: demon domowy.
- Miejsce bytowania: przydomowa łaźnia.
- Cechy szczególne: przybiera postać małego zgiętego staruszka o wyjątkowo długich rękach. Często całe jego ciało pokrywają czarne kręcone włosy. W ustach ma rząd ostrych zębów, których na szczęście nie wykorzystuje do gryzienia domowników. Potrafi także przybierać postać domowego kota, królika albo pary wodnej.
- Oddziaływanie: to demon opiekuńczy, pilnujący naszej domowej łaźni. Dawniej kąpano się w drewnianych baniach, stąd wziął swoje imię. Bannik pilnował, by woda miała idealną temperaturę, by węgle w palenisku nie wygasły i by brzozowe witki do oczyszczania skóry nie były zbyt twarde. Rozgniewany bannik potrafił jednak narobić nam niemałych kłopotów, począwszy od lodowatych kąpieli, przeciekającej bani lub nawet poparzenia parą!

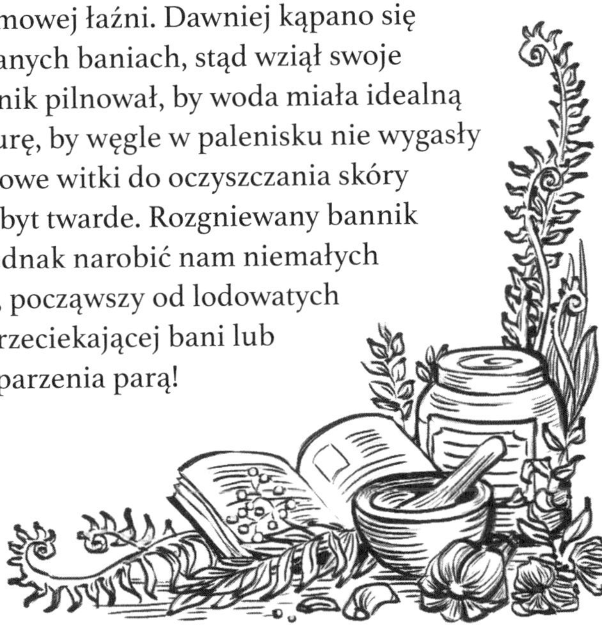

- Jak go zabić: nie ma powodów, by go pokonywać, ponieważ bannik jest demonem domowym, opiekuńczym. By prawidłowo opiekował się naszą łaźnią, należało zostawiać mu dar w postaci czystej wody w cebrzyku. W dzisiejszych czasach, w których nie mamy już przydomowych łaźni, banniki niestety najprawdopodobniej wyginęły.

Notatki

27

Czerwiec

28

Czerwiec

29

Czerwiec

30

Czerwiec

Z dziennika babci szeptuchy
Choroba zwana wiatrem

Wiatr to choroba spowodowana najczęściej… zawianiem chorego.

- Objawy: bóle głowy, bóle całego ciała, paraliż, śmierć.
- Składniki: świeży popiół z paleniska szeptuchy, szklanka, biała chustka.
- Przepis: By stwierdzić, czy choroba to aby na pewno wiatr, musimy nasypać popiołu do szklanki. Następnie owijamy szklankę chustką i trzykrotnie obchodzimy dookoła chorego, modląc się o poznanie przyczyny choroby. Odwijamy chustkę. Gdy popiół jest gładki, to znaczy, że chory nie ma wiatru. Jeśli w popiele powstała rysa, pacjent cierpi na wiatr. Jeśli popiół popękał, to stan chorego jest bardzo ciężki, ale niekoniecznie jest to wiatr.

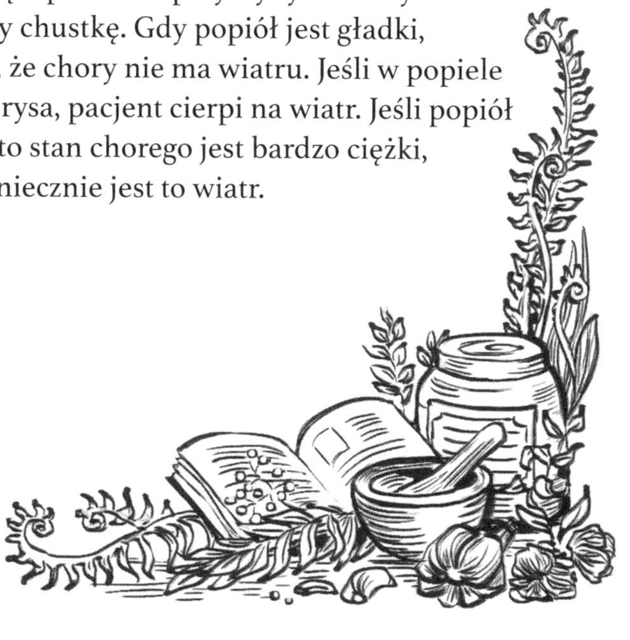

Nie wiesz przypadkiem, jak wygląda kwiat paproci? – zapytałam. – Nie widziałeś go może w jakiejś wizji?

Zmarszczył krzaczaste brwi, z których spływały mu strużki wody, i poruszył kilka razy brodą, zupełnie jakby coś przeżuwał.

– Ma płatki? – zasugerował. – Takie białe jak lilia, ale z różowymi końcami, a w środku czerwone pręciki?

– Widziałeś to w wizji? – ucieszyłam się.

– Nie.

– Och...

– Ale tam coś takiego rośnie. – Wskazał palcem za moimi plecami. – Nie wygląda na leśny kwiatek, ale ja to się nie znam. Jagę trzeba by było zapytać. Ona zna się na tym śmierdzącym świństwie jak mało kto.

Noc Kupały

Wianki

– Będziecie puszczać wianki po kolei. Na wypadek gdybyście nie wiedziały, jak interpretować tę wróżbę, to wam wyjaśnię. A wy w tym czasie podpalajcie wianki od pochodni. Tylko bez przepychanek! I uwaga, żeby nie podpalić wianka. Jak spłonie, zanim puścicie go na wodę, to nici z wróżby!

Posłusznie ustawiłyśmy się w kolejce do pochodni.

– Bielinianka za kilkaset metrów się rozszerza. Tam na wianek wybranki będą czekać młodzi mężczyźni – zaczęła wyjaśniać. – Sposób płynięcia wianka i to, co się z nim stanie, mówi o waszej doli. Jeżeli będzie płynął, obracając się szybko, oznacza to, że jesteście dziewicami.

Chichot nastolatek zgrupowanych przede mną zmusił gospodynię do przerwania wywodu. No cóż... ja nie mam co liczyć na to, że mój wianek zacznie się szybko obracać. Chociaż sądząc po śmiechach przede mną, te dziewczynki też chyba nie miały na to najmniejszych szans.

– Jeżeli wasz wianek odpłynie bardzo daleko i trzeba go będzie gonić, oznacza to, że wasz wybranek będzie pochodził z dalekich stron. Jeżeli dwa wianki splecione ze sobą dopłyną do brzegu, oznaczać to będzie, że dwie panny są sąsiadkami, a swoją miłość znajdą w rodzinnej wsi. Kręcący się na wodzie wianek oznacza zamążpójście w następującym roku, a wianek płynący prosto do brzegu lub stojący w miejscu powie nam, że z zamążpójściem trzeba będzie poczekać jeszcze dłużej. Rzecz jasna, jeśli wianek przed przypłynięciem do brzegu pochwyci chłopiec, zwiastuje to bardzo rychły ślub.

Chichoty powtórzyły się. Nadeszła moja kolej, by zapalić świeczkę. Ułożyłam wianek w pionie, żeby przypadkiem się nie podpalił, gdy zbliżyłam go do pochodni. Bogumił uśmiechnął się do mnie i powiedział:

– Wianek przystrojony żółtą wstążką. Muszę zapamiętać.

W odpowiedzi tylko przewróciłam oczami i nie odrzekłam ani słowa. Ale gdy odeszłam, niosąc przed sobą wianek, jakby był tykającą bombą, zerknęłam jeszcze na niego przez ramię. Czarował właśnie następną dziewczynę.

Zaczęłam się zastanawiać, czy mógł być żołnierzem. Jego chuda sylwetka sugerowała, że chyba nie. Jakoś ciężko było go sobie wyobrazić w mundurze.

– Mam nadzieję, że dobrze skonstruowałyście swoje wianki. Ponieważ gdy jakiś zatonie, będzie to oznaczało śmierć panny jeszcze w tym roku – przestrzegła nas gospodyni.

Potknęłam się na te słowa i o mało co nie wrzuciłam wianka do góry nogami do Bielinianki. Przypomniałam sobie kukłę Marzanny, na którą tej wiosny spojrzałam wbrew zasadom. Miałaby ze mnie ubaw. Ciekawe, czy leżała teraz gdzieś na dnie rzeczki.

Ustawiłam się na samym końcu kolejki. Nigdzie mi się nie spieszyło. Mogłam poczekać spokojnie, w przeciwieństwie do rozchichotanych nastolatek, które nie mogły ustać w miejscu z emocji. Gdy wszystkie kobiety już odeszły, ukucnęłam na brzegu. Podparłam się ręką i delikatnie położyłam wianek na powierzchni. Serce mi zamarło, gdy zanurzył się pod powierzchnię wody i przechylił. Na szczęście szybko wyrównał poziom i niesiony prądem popłynął w dół rzeki.

Noc Kupały

Lipiec

1

Lipiec

2

Lipiec

Demoniczne istoty i jak je zabić

Brzeginia

- Pochodzenie: kobieta, najczęściej taka, która zmarła przed ślubem. To jeden z licznych gatunków rusałek.
- Miejsce bytowania: brzegi jezior i rzek. Pojawia się głównie w nocy.
- Cechy szczególne: jest niezwykle piękna, ma niebieskie oczy, dobrze odziana (lecz jej ubrania cechuje duża przezroczystość), na głowie nosi wianek z wodnych roślin.
- Oddziaływanie: bardzo, bardzo przyjazny demon. Uwielbia męskie towarzystwo. Nie czyni nikomu krzywdy, o ile zgodzi się spędzić z nią noc. Strzeże skarbów ukrytych nad brzegiem bądź w wodnej toni.
- Jak ją zabić: a po co ją zabijać? Ona muchy by nie skrzywdziła.

3

Lipiec

4

Lipiec

5
Lipiec

6
Lipiec

7
Lipiec

8
Lipiec

Piękna jak… szeptucha, część 2

Maseczka z marchewki dla poprawy kolorytu skóry

- Skład: 1 duża marchew, ½ łyżeczki mąki ziemniaczanej.
- Przygotowanie: Zetrzyj marchewkę na tarce z drobnymi oczkami. Wymieszaj z mąką. Możesz ją przechowywać w lodówce przez kilka dni.
- Stosowanie: Przy jasnej karnacji nałóż na twarz na 5 – 10 minut. Przy skórze śniadej 10 – 20 minut. Zmyj ją ciepłą wodą. Maseczka stopniowo będzie przyciemniać skórę, ale jednocześnie ją przesuszy, więc intensywnie nawilżaj twarz kremami. Nakładaj maseczkę co 3 – 4 dni.

Maseczka wybielająco-ujędrniająca z chrzanu

- Skład: korzeń chrzanu średniej wielkości, 2 łyżki jogurtu naturalnego.
- Przygotowanie: Korzeń chrzanu zetrzyj na drobnych oczkach tarki. Wymieszaj z jogurtem. Odstaw na 20 minut.
- Stosowanie: Nakładaj na twarz, omijając oczy. Po 20 minutach zmyj letnią wodą. Stosowana raz w tygodniu stopniowo rozjaśni skórę.

Przeciwzmarszkowa maseczka z żółtkiem

- Skład: 2 łyżki wazeliny, 1 żółtko, 1 łyżeczka płynnego miodu, 1 łyżka oleju ze słonecznika.
- Przygotowanie: Wazelinę rozpuść w garnku, ale nie doprowadzaj do wrzenia! Zdejmij z ognia, a jak ostygnie, dodaj miód, żółtko i olej. Wymieszaj i odstaw na 10 minut.
- Stosowanie: Nałóż na twarz na 30 minut. Możesz ją stosować dwa razy w tygodniu. Efekty powinny być widoczne po kilku tygodniach.

Maseczka nagietkowa na podrażnienia

- Skład: 1 łyżka suszonych kwiatów nagietka, 1 łyżeczka oleju rzepakowego, 1 łyżeczka soku z cytryny, 1 łyżeczka miodu, 1 łyżeczka jogurtu naturalnego.
- Przygotowanie: Ucieraj kwiaty nagietka z miodem i olejem do powstania jednolitej masy. Następnie dodaj jogurt i sok z cytryny. Odstaw na 10 minut.
- Stosowanie: Nakładaj na twarz na 10 minut. Maseczka zmniejsza zaczerwienienia, oczyszcza, nawilża i wygładza. Jest idealna na zimowe podrażnienia.

9
Lipiec

10
Lipiec

11
Lipiec

12
Lipiec

Neosłowiański horoskop – Kalina
(dla urodzonych między 21 czerwca a 21 lipca)

Kalina to krzew symbolizujący młodość i niewinność. Jej białe kwiatostany często przystrajały weselne wianki panien młodych. Panny przyozdabiały nią też wianki plecione na obchody Nocy Kupały. Na Podlasiu sadzono kalinę na grobach przedwcześnie zmarłych dziewcząt i chłopców. Takie krzewy były nietykalne, ponieważ ktokolwiek odważyłby się złamać choćby jedną gałązkę rosnącego na grobie krzewu, mógł ciężko zachorować, a nawet umrzeć. Samo powąchanie cmentarnej kaliny mogło skończyć się w najlepszym razie utratą powonienia!

Kalina jest też ważnym składnikiem leczniczych mieszanek. Bywa stosowana jako lek uspokajający, moczopędny, ściągający i przeciwskurczowy. Używały jej głównie kobiety, ponieważ jej właściwości przeciwskurczowe są wybiórcze – działają skutecznie zwłaszcza na mięśnie macicy.

Patronem tego krzewu jest Kupała, bóg pożądania i miłości. Obchody jego święta są celebrowane podczas przesilenia letniego, gdy młode panny i kawalerowie szukają partnerów na całe życie (bądź jedną noc, ponieważ tego wieczoru wszystko było dozwolone).

Osoby urodzone w znaku Kaliny, a obdarzone łaską Kupały, cechują się bardzo dużą wrażliwością. Niestety, czasami zbyt dużą, gdyż bardzo mocno przejmują się opiniami otoczenia na swój temat. Szczerze wierzą w cuda. Umieją celebrować każdą minutę życia, doceniają nawet krótkie chwile radości. Uwielbiają proste życie, blisko natury.

Są romantyczne, kochają bujać w obłokach. Jednocześnie twardo stąpają po ziemi, jeśli chodzi o związki rodzinne. Najszczęśliwsze są w otoczeniu bliskich. Bardzo dbają o dom i rodzinę. Bywają jednak nieco nadopiekuńcze.

Cechuje je wręcz nieposkromiony apetyt na miłość, jednak bardzo rzadko dopuszczają się zdrady.

13

Lipiec

14

Lipiec

15
Lipiec

16
Lipiec

Demoniczne istoty i jak je zabić

Rusałka

- Pochodzenie: tym demonem, a raczej boginką stawała się kobieta po ogłoszeniu zapowiedzi, ale jeszcze przed ślubem.
- Miejsce bytowania: leśne polany, dość często w pobliżu zbiorników wodnych.
- Cechy szczególne: rusałki zjawiają się głównie podczas nowiu, na leśnych polanach. Ubrane są w zwiewne, przezroczyste szaty bądź występują zupełnie nago. Ich rozwiane i bardzo długie włosy często są zielone. Na głowach noszą wianki. Są bardzo urodziwe i… wyzwolone w swoim zachowaniu.
- Oddziaływanie: polują wyłącznie na mężczyzn. Najaktywniejsze są podczas nowiu, jednak na wiosnę, gdy trwa tak zwany rusałczy tydzień (obecnie okolice Zielonych Świątek), mężczyźni nie mogą czuć bezpiecznie o żadnej porze dnia i nocy. Piękne rusałki wabią nieszczęśników na leśne polany

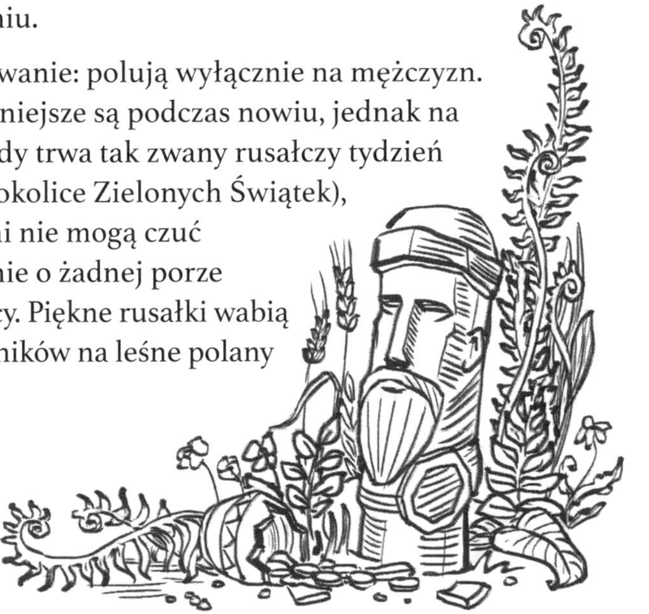

bądź w zarośla koło jezior, gdzie następnie zamęczają swoją ofiarę na śmierć. Mają dość duży wachlarz zbrodniczych możliwości. Mogą na mężczyznę zesłać żądze niemożliwe do spełnienia, zatańcować go na śmierć lub… na śmierć go załaskotać.

- Jak ją zabić: pokonać rusałkę jest bardzo trudno, dodatkową przeszkodą jest fakt, że o ile zwabiają nieszczęśników do siebie pojedynczo, o tyle zawsze w krzakach czają się ich koleżanki. Najlepiej po prostu się przed nimi zabezpieczyć: wsadzić w kieszeń liść piołunu i unikać roznegliżowanych dziewcząt tańczących samotnie w lesie.

17

Lipiec

18

Lipiec

19

Lipiec

20

Lipiec

Święto Peruna

Zagadki ludowe

1. Co w nocy stoi próźne, a we dnie pełne mięsa.
2. Cyrwony koral ma liście zielone, a na tych liściach gałązki cyrwone.
3. Stoi panna w murze, w cyrwonym kapturze.
4. Co jest nic, a przecie widocne.
5. Ni ma nóg ani rąk, a idzie w górę jakby drąg.
6. Stoi sobie w lesie, w carnym kapelusie, a przed nikim kapelusa nie zdymie.
7. Stoi na płocie w cyrwonym kapocie.
8. Ani mięsa, ani kości, ani zadny spaniałości.
   A na jego okazanie dziad i cysarz zaraz wstanie.
9. Jes pan w domu bez wnętrzności, bez krwi, a zawse grzeje.
10. Jes jawór, na tym jaworze dwanaście konarów, kazdy konar ma 30 gałązek, na kazdy gałęzi są 4 gniazda, a w każdym gnieździe siedem ptaków.

Odpowiedzi: 1 – buty; 2 – burak; 3 – cegła; 4 – cień; 5 – dym; 6 – grzyb; 7 – kogut; 8 – łajno; 9 – piec; 10 – rok

21
Lipiec

22
Lipiec

23

Lipiec

24

Lipiec

25

Lipiec

26

Lipiec

Demoniczne istoty i jak je zabić

Dziwożony

- Pochodzenie: boginki stworzone z niczego przez bogów.
- Miejsce bytowania: góry, zwłaszcza górskie jaskinie.
- Cechy szczególne: są bardzo brzydkie i nadmiernie owłosione. Chodzą zwykle nago albo w przepaskach biodrowych. Mają długie piersi dyndające im na wysokości pępka, za pomocą których piorą swoje ubrania w rzece…
- Oddziaływanie: dręczą kobiety. Nie potrafią znieść niewierności. Jeśli zauważą, że jakaś kobieta jest niewierna, będą ją gnębić, a nawet mogą porwać jej dziecko. Czasem porywają także młode kobiety, by przemienić je w nowe dziwożony, co jednak nigdy się nie udaje.
- Jak je zabić: nie da się. Trzeba być wierną mężowi, to same sobie pójdą.

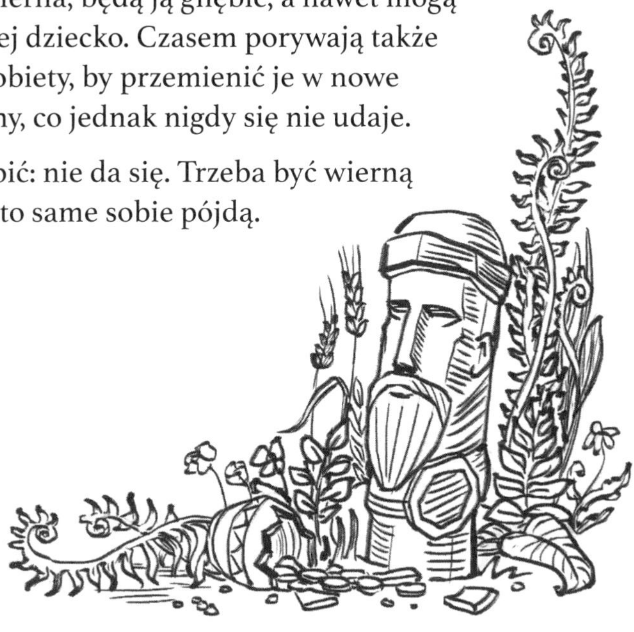

27
Lipiec

28
Lipiec

29

Lipiec

30

Lipiec

31

Lipiec

Notatki

Jego włosy uniosły się do góry, gdy od dołu nagle owionął go gwałtowny podmuch. Przytrzymał dłońmi koszulę, żeby nie wywinęła mu się na twarz.

– Powstałem, gdy wiatr południowy pocałował wschodni, daleko na stepach Wschodu – odpowiedział w końcu. – Wtedy chyba się urodziłem.

– I już byłeś taki? – Nie wiedziałam, jak powinnam zadać to pytanie.

– Nie wiem, o co ci chodzi. Jestem, jaki jestem. W ogóle to nazywam się Suchowiej, bardzo mi miło.

Zgiął się wpół w parodii dworskiego ukłonu. Koszula podwinęła mu się do góry i opadła na głowę. Zniesmaczony wcisnął ją w portki.

– Ja jestem Gosia – odparłam. – A czym w sumie jesteś?

Żerca

Właściwości magiczne wybranych roślin, według Józefa Rastafińskiego, część 1:

Roślina	Działanie magiczne
Agrest	„Gałązki z liściem w oknach, we drzwiach, czary, gusła, w domu nie wpuszcza”.
Brzoza	„Na urok zadany koniowi okurzyć go korą brzozową”. „Przeciw czarom, niech sczarowany puszcza mocz na miotłę, zrobioną z brzozowego chrustu”.
Bukwica	„Zabezpiecza przeciw wszelkim czarom”. „Sadzona przy domu oddala z niego czary”. „Jest ludzkich dusz i ciał stróżem”.
Bylica biała	„W Noc Kupały w domach wieszana nad drzwiami, wrotami, oknami szaleństwo z domu wypędza, a dom od gusł i czar zachowa”. „Na szyi zawieszona sczarowanemu leczy go”. „Podczas burzy, kadząc bylicą, zabezpiecza się dom od pioruna”.

Brodawnik jesienny / zajęczy chłodek	„Korzeń na szyi zawieszony śmiałość czyni, a bojaźń oddala".
Dąb	„Dymu z liści czart się boi". „Liście i drewno są środkiem przeciw czarom".
Dziewięćsił	„Dzieci temi ziółki okładać, zachowa je od złego urzeczenia bab i innych strachów".
Dzięgiel	„Pamięć utraconą przywraca i naprawia". „Noszony zabezpiecza od sczarowania personę i dom". „Żuty serce smętne rozwesela". „Na czary, wskutek których człowiek rzeczy sprośne i nadprzyrodzone wymiotuje". „Strachy, cienie nocne odpędza".
Gorczyca	„Który człowiek zgryzie dwie ziarnce gorczyce a dwie ziarnce pieprz na czczo, tedy onego dnia nie trzeba mu się bać nagłej śmierci".
Grzybienie	„Przez dwanaście dni korzeń używany odejmuje męzkość". „Raz się na czczo napiwszy, 40 dni bujność cielesną odejmuje". „Sny plugawe oddala".

Jaskier	„Przywiązany czerwoną nicią na schodzie księżyca w miesiącu kwietniu na ogolonym tyle głowy pomaga lunatykom".
Jemioła	„Dzieciom do kolebki kładą, aby na nie przestrachy nie przychodziły i straszliwe widzenia". „Z zielem wytrych wszystkie kłódki odmyka". „Kto ją trzyma w ustach i pomyśli o czemś, co ma się stać, chwyta się ręką za serce, jeźli się nie ma stać, tego ruchu nie robi".
Jesion	„Węże wolą iść w ogień niż między jego liście". „Drewno z drzewa ściętego między 12 sierpnia a 16 września samem dotykaniem leczy rany".
Jodła	„Cień nabawia choroby i odejmuje sen".
Komonica / czarcie żebro	„Wszystkie czary od bydła oddala". „Zawieszony ślepemu koniowi między oczyma wzrok mu przywraca".

Sierpień

1

Sierpień

2

Sierpień

3

Sierpień

4

Sierpień

5

Sierpień

6

Sierpień

Demoniczne istoty i jak je zabić

Leleń

- Pochodzenie: demon leśny.
- Miejsce bytowania: lasy, zwłaszcza na Kielecczyźnie, w okolicy Łysej Góry.
- Cechy szczególne: leleń – bądź lejiń – występuje pod postacią dorodnego jelenia o dużym porożu. Zwraca na siebie uwagę piękną budową ciała i niezwykłą łagodnością oraz ufnością. Czasami występuje także pod postacią łani, która potrafiła zamieniać się w ponętną dziewicę. Potrafi przemawiać ludzkim głosem, a także śmiać się. Jednak zwykle śmieje się szyderczo…
- Oddziaływanie: mimo że piękny i pozornie niewinny, skrywa w sobie dużo zła i złośliwości. Leleń nienawidzi ludzi, a myśliwych traktuje jako swoich śmiertelnych wrogów. Pod postacią rannego zwierzęcia często zwabia kłusowników na bagna, gdzie bezlitośnie ich tratuje lub topi. Potrafił wciągać ludzi w gęstwinę, by na zawsze gubili drogę i umierali w lesie.

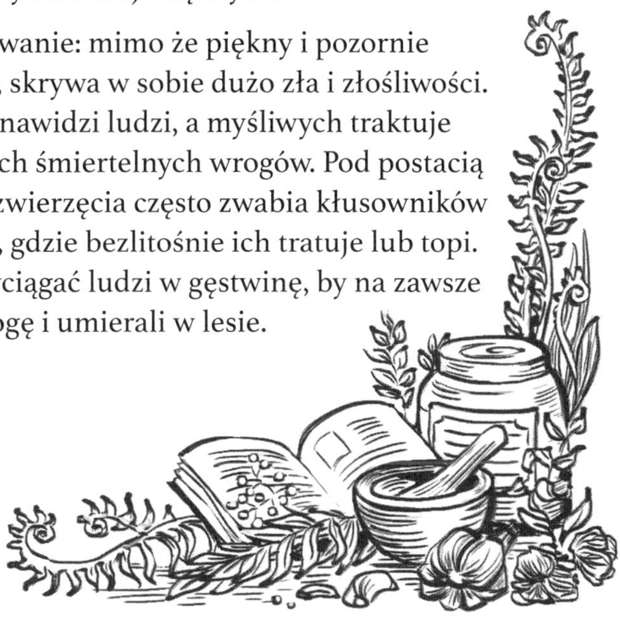

W kobiecej postaci zwodzi na manowce mężczyzn, by potem ich zadeptać pod postacią łani. Dzieci co prawda nie zabija, ale przepędza je z lasu.

- Jak go zabić: ciężko to zrobić, ponieważ jest bardzo sprytny. Można spróbować na niego zapolować jak na zwykłego jelenia.

Notatki

7
Sierpień

8
Sierpień

9

Sierpień

10

Sierpień

11

Sierpień

12

Sierpień

Neosłowiański horoskop – Dąb

(dla urodzonych między 22 lipca a 22 sierpnia)

Dąb jest symbolem i świętym drzewem boga piorunowego Peruna. To symbol siły, długowieczności, a nawet nieśmiertelności. Pasterze wypasali swoje stada w pobliżu cienia dębu, by zwierzęta nabrały sił żywotnych. Żołędzie stanowiły symbol męskości. Mężczyźni, chcąc wspomóc swoją męskość, musieli nosić je w kieszeniach. Pod dębami odprawiano rytuały oraz modlono się do bogów, traktując cień rzucany przez te drzewa jako naturalną świątynię. Za pogwałcenie świętego miejsca groziła śmierć. Do dzisiaj to właśnie na dębach wiesza się przydrożne kapliczki.

Dąb stanowił także surowiec leczniczy. Napary z kory z młodych pni i gałęzi stosowano do łagodzenia wyprysków skórnych. Miały one działanie przeciwobrzękowe oraz ściągające. Ponadto napary stosowane zewnętrznie zmniejszają przekrwienie, hamują krwawienia tkankowe i łagodzą stany zapalne.

Perun to bóg piorunów, władca nieba wiszącego nad naszymi głowami. Jeździł po nieboskłonie na białym koniu lub wozem ciągniętym przez takiego rumaka. Uważano, że jego bronią jest kamienny piorun. To dlatego podłużne kamienie – fulguryt (kwarc wytopiony przez piorun) lub belemnit (skamielina) – nazywano piorunowymi strzałami. Ich znalezienie przynosiło szczęście. Perun krył się na naszych ziemiach pod wieloma imionami. Na północy istniał jako Świętowit, któremu przypisywano takie same właściwości.

Osoby urodzone w znaku Dębu, obdarzone łaską Peruna, są władcze i ambitne. Za wszelką cenę dążą do sukcesu zarówno na polu zawodowym, jak i rodzinnym. Szybko podejmują decyzje, bardzo rzadko się poddają. Bywają despotyczne. Nie umieją dopasowywać się do zmieniających się okoliczności. Jednak nigdy nie załamują się w obliczu porażki. Zwykle bardzo szybko pną się po kolejnych szczeblach kariery.

Cenią relacje rodzinne, są niezwykle przywiązane do swoich dzieci. Jednocześnie wiodą bardzo towarzyskie życie. Rodzina jest jednak dla nich najważniejsza. Nigdy nie przedłożą dobra przyjaciela nad dobro osoby, z którą łączą je więzy krwi.

13

Sierpień

14

Sierpień

Demoniczne istoty i jak je zabić

Świetliki

- Pochodzenie: dusze zmarłych ludzi, którzy byli tak podli, że nie wpuszczono ich do zaświatów.
- Miejsce bytowania: bagna, torfowiska.
- Cechy szczególne: występują pod postacią błysków światła, błędnych ogników.
- Oddziaływanie: wabią nieostrożnych wędrowców swoim migoczącym światłem na bagna, by tam nieszczęśnicy gubili drogę.
- Jak je zabić: nie można. Należy się po prostu ich wystrzegać i w żadnym razie nie iść w stronę światła. Zwłaszcza na bagnach!

15

Sierpień

16

Sierpień

17

Sierpień

18

Sierpień

19

Sierpień

20

Sierpień

Demoniczne istoty i jak je zabić

Wisielec

- Pochodzenie: demon ten powstawał z ludzi, którzy popełnili samobójstwo poprzez powieszenie bądź byli tak niegodziwi, że powieszono ich za karę.
- Miejsce bytowania: w pobliżu osad ludzkich, na rozstajach dróg, często siadały u powały na belce stropowej lub pod dachem stodoły.
- Cechy szczególne: wisielec spaceruje po świecie pod postacią… wisielca. Wygląda jak człowiek, którym był przed śmiercią, z tą różnicą, że teraz ma przekrwione oczy, poczerniały, wystający z ust język i pętlę sznura wiszącą na szyi.
- Oddziaływanie: wisielec napada na ludzi, by zrobić im krzywdę. Jest demonem mściwym i złośliwym. Ale sznur oraz ubranie (a nawet odrąbana głowa!) wisielca są bardzo mocnymi artefaktami. Sznur noszony na szyi przez pannę na wydaniu miał zapewnić jej przywiązanie do siebie kawalera. Z kolei schowany w domu zapewniał szczęście i bogactwo. Potarcie żłobu

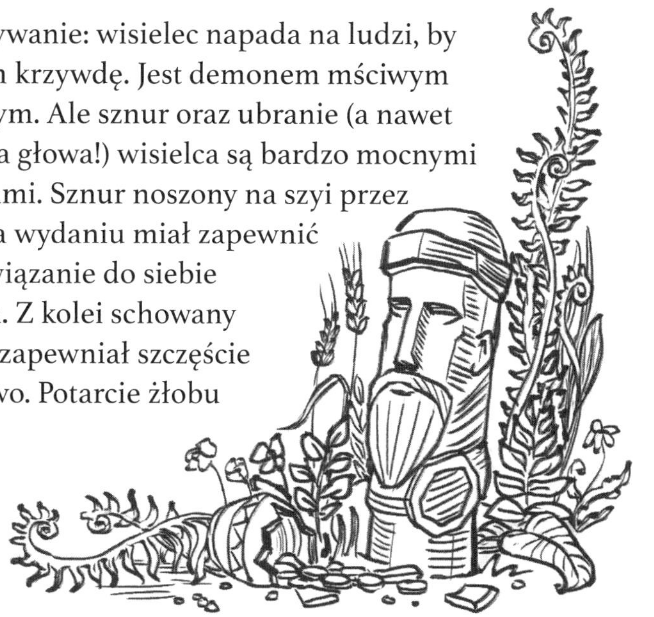

ubraniem wisielca zapewniało dobry rozwój i brak chorób u zwierząt domowych. Głowa wisielca zakopana w ogrodzie odstraszała inne demony, z kolei wymoczona w wodzie zamieniała tę wodę w lekarstwo na nadmierne pijaństwo.

- Jak go zabić: zamiast go zgładzić, warto było zadbać o odpowiedni pochówek wisielca, by ten nie powrócił z martwych. Jednak należało bardzo uważać, gdyż dotknięcie samobójcy zmarłego poprzez powieszenie przynosiło ogromnego pecha. Ponadto pochowanie go na miejscowym cmentarzu z całą pewnością sprowadziłoby na całą wieś nieszczęście. Zdarzało się, że z tego powodu, mało elegancko, podrzucano wisielca do sąsiedniej wsi, by najzwyczajniej w świecie pozbyć się problemu. Jeśli już niestety wisielec powstał z grobu, zabić go można, zrywając mu sznur z szyi. Bez niego pada martwy. Na szczęście już na zawsze martwy.

21
Sierpień

22
Sierpień

23

Sierpień

24

Sierpień

25

Sierpień

26

Sierpień

27

Sierpień

28

Sierpień

Trochę szeptuchowej statystyki

Zgodnie z analizą przeprowadzoną przez Ludwika Stommę na podstawie 500 podań chłopskich z drugiej połowy XIX wieku demonami stawali się:

- topielcy – 20,2%
- dzieci nieochrzczone – 18%
- samobójcy i wisielcy – 16,6%
- dzieci poronione – 11%
- zmarli w dniu ślubu – 8%
- dzieci urodzone martwo – 7,6%
- zaręczeni, zmarli bezpośrednio przed ślubem – 2,8%
- kobiety zmarłe w połogu – 2,8%
- kobiety zmarłe podczas porodu – 2%
- inni zmarli nienaturalną i gwałtowną śmiercią – 11%

29

Sierpień

30

Sierpień

31

Sierpień

Świeca, którą zgasiłam, płonęła jasnym płomieniem. Naprzeciwko mnie po drugiej stronie stołu stał Swarożyc. Jego biodra znikały w kłębiącym się szarym dymie. Klatka piersiowa była naga, a skóra na niej idealnie gładka bez nawet jednego włosa. Zupełnie jakby wszystkie wypalił żar. Mężczyzna bez skazy.

Uśmiechnął się do mnie zza rudej brody. Oczy zapłonęły złowieszczą czerwienią.

– Wołałaś mnie, widząca... – szepnął.

Jego głos odbił się echem po chatce. Miałam wrażenie, że otacza mnie z każdej strony, że jest w mojej głowie.

Żerca

Właściwości magiczne wybranych roślin, według Józefa Rastafińskiego, część 2:

Roślina	Działanie magiczne
Koniopłoch łąkowy	„Przywidzenia powstałe z menakolii lub od pokus szatańskich usuwa”. „Usuwa strachy nocne”. „Waryatom rozum przywraca”.
Koper ogrodowy	„Przeciwko snom niespokojnym i rzucaniu się w czasie snu”. „Śpiącemu świeży pod głowę położony oddala chrapanie”. „Wieniec na głowie noszony sen sprowadza”.
Koszyczko / werbena	„Zebrane przed wschodem słońca i jedzone na surowo służy przeciw czarom”. „W wodzie ugotowane, gdy się oną wodą ludzie będą kropić, uwesela je”. „Gdy który lekarz idzie do niemocnego, to koszyczko weźmie z sobą w rękę, a przyszedłszy, spyta niemocnego, jako się na zdrowiu ma, jeźli chory rzecze dobrze, tedy będzie rychło zdrów, a jeźli rzecze niedobrze, tedy rychło umrze, a tak wielu ludzi prostych tym zielem wróżki rozmaite i gusła czynią”. „Użyty raz czyni człowieka skromnym przez dłuższy czas”. „Miłośnie zczarowanym pomaga”. „W ręku nosząc albo pod poduszką kładąc, skromnym czyni”.

	„Proch między ludźmi lub kochającemi się posypany powoduje zwadę i zawziętość między niemi”. „Noszone przez dzieci czyni je sposobne do nauki, wesołe i ucieszne”.
Kozłek	„Przeciw czarom, jeżeli zebrano przed wschodem słońca i jedzono na surowo”.
Lubczyk	„Przeciw czarom rzuconym na bydło”. „Pod pewnymi aspektami kopany w małżeństwie rozterki i niezgody równa”.
Melisa	„Wół, któremu go przywiązano, wszędzie za tym, co przywiązał, idzie”. „Człowiek ‘rozpuknie się’, jeżeli zostanie przepasany rzemieniem zaprawnym sokiem tego ziela z ⅓ potu rudego człowieka”. „Noszony czyni człowieka łaskawym, przyjemnym i przyciągającym przeciwników”.
Miłosna / rezeda żółta	„Służy do zwycięźenia czarów miłości nierządnej”.
Mistrzownik / gorysz miarz	„Duchy ciało ożywiające oczerstwia”. „Korzeń pokrajany w talarki i w takiej postaci na czole wszczepiony przy pewnej zmianie księżyca czerw albo wszy zaskórne którejkolwiek części ciała wypędza”. „Korzeń zawieszony na szyi tak, żeby się gołego ciała dotykał, nieprzyjaźń i gniew między dwiema otrokami błaga a do zgody i przyjaźni przywodzi”.

Orzech włoski	„Cień drzewa śpiącym szkodzi, rozmaite czyniąc niemoce”.
Pacierzyczka	„Jeżeli od poślinionego liścia ciało się zarumieni: znak miłości, a jeżeli skutkiem tego powstaną krosty: znak nienawiści”.
Paproć	„Dobrze nią słać, bo węże do niej nie przystępują”. „Korzeń z ługiem dębowego popiołu i krwią z lewego ucha szczeniaka na czary”. „Korzeń warzony w ługu dębowym z wódką i krwią dla mężczyzny z psa, dla kobiety z suki, przykładany oddala czary, przez które człowiek został pokurczony”.
Piwonia	„Korzeń na szyi noszony usuwa padającą niemoc”. „Korzeń i nasiona lekarstwo dla opętanych”. „Czary, gusła i przestrachy odpędza dzieciom do kolebki włożony”. „Ziarenka na szyi noszone u dzieci chronią od kaduka”.
Pokrzywa	„Trzymana w ręku ze złocieniem zabezpiecza od strachów i widm”.
Rączki / gółka długoostrogowa	„Ma moc własną jadowitość z człowieka wymiatać”. „Gdyby je kto u siebie nosił, trucizny ani babich czar nie trzeba się bać”.

Wrzesień

1
Wrzesień

2
Wrzesień

3

Wrzesień

4

Wrzesień

5

Wrzesień

6

Wrzesień

Demoniczne istoty i jak je zabić

Mamuna

- Pochodzenie: powstała z duszy kobiety zmarłej podczas porodu lub połogu.
- Miejsce bytowania: przebywa nad zbiornikami wodnymi, zbliża się do siedzib ludzkich, jeśli wyczuje ciężarną kobietę. Można ją spotkać wyłącznie w nocy.
- Cechy szczególne: mamuny są gęsto owłosione, mają obwisłe piersi i długie ręce. Większość czasu spędzają nad wodą, z uporem raz po raz piorąc swoje ubrania z pomocą kijanek (nic dziwnego, że się nie domywają).
- Oddziaływanie: dręczą ciężarne kobiety i za wszelką cenę starają się podmienić dzieci – na miejsce zdrowego noworodka podrzucają swoje zniekształcone szczenięta.
- Jak ją zabić: jest to bardzo trudne. Należałoby odnaleźć jej grób – dalej patrz: wąpierz (s. 107). Często jest to jednak niemożliwe. Można się jednak przed nią chronić. Na nadgarstku dziecka należy zawiązać czerwoną wstążeczkę i zasłaniać okna, by nie padło na nie światło księżyca.

7

Wrzesień

8

Wrzesień

9

Wrzesień

10

Wrzesień

11

Wrzesień

12

Wrzesień

Neosłowiański horoskop – Dziurawiec
(dla urodzonych między 23 sierpnia a 22 września)

Liście dziurawca pokrywają małe przezroczyste zbiorniczki, które są wypełnione olejkami eterycznymi. Zbiorniczki te, oglądane pod światło, wyglądają jak małe dziurki. To właśnie im dziurawiec zawdzięcza swoją nazwę. Zasuszone, żółte kwiaty dziurawca są jednym z ważniejszych elementów ziołolecznictwa ludowego. Wyciąg alkoholowy z tego zioła działa przeciwdepresyjnie, z kolei wyciąg wodny ma działanie żółciotwórcze, poprawia trawienie, działa przeciwzapalnie. Podczas stosowania dziurawca należy unikać nadmiernego narażenia na światło słoneczne, ponieważ na skórze mogą wtedy powstać przebarwienia.

Ziele dziurawca miało także właściwości magiczne. Wróżono z rozsypanych kwiatów i wykrywano w ten sposób choroby. Sok z dziurawca zabezpieczał przed urokami oraz dawał człowiekowi niewyczerpalną boską siłę. Używano go także do ochrony przed mamunami. Na oknach wieszano małe wianuszki z dziurawca, by upiry nie podmieniły niemowląt.

Dziurawiec jest symbolem bogini Mokosz, która jest opiekunką życia i rolnictwa. Wierzono, że na wiosnę Mokosz staje się brzemienna. Z tego powodu w okolicach Jarego Święta nie wolno było wbijać w ziemię kołków ani łopat (nie wolno było nawet spluwać!), by niechcący jej nie skrzywdzić lub nie obrazić. Mokosz była patronką kobiet i niemowląt. Młode matki oddawały swoje dzieci pod opiekę bogini, kładąc je tuż po porodzie na chwilę na gołej ziemi. Tak samo czyniono z chorymi. Mimo że nasi przodkowie głównie palili ciała swoich zmarłych, to małe dzieci chowano w ziemi, by po śmierci wychowała je matka Mokosz.

Osoby urodzone w znaku Dziurawca, obdarzone łaską Mokosz, charakteryzują się analitycznym myśleniem. Cenią logikę. Są uczciwe, nienawidzą kłamać. Często widzą świat jedynie w czerni i bieli, nie dostrzegając subtelnych szarości. W kontaktach międzyludzkich są tolerancyjne i cierpliwe, ale nie ufają niczemu i nikomu od razu. Cechuje je niezwykła pracowitość, a także skromność. Uwielbiają spokój, nie cierpią zmian, zwłaszcza tych gwałtownych. Bywają przesadnie oszczędne. Mają skłonność do narzekania.

Rodzina jest dla nich świętością, bardzo rzadko zrywają więzy małżeńskie. Wierzą, że ciężką pracą zdołają pokonać każdy kryzys.

13

Wrzesień

14

Wrzesień

15

Wrzesień

16

Wrzesień

17

Wrzesień

18

Wrzesień

19

Wrzesień

20

Wrzesień

Okres przygotowań

do równonocy jesiennej

Demoniczne istoty i jak je zabić

Wodnik

- Pochodzenie: tak jak utopiec mieszka pod wodą, jednak w przeciwieństwie do swojego kuzyna powstałego z utopionego człowieka nie ma z ludźmi nic wspólnego.
- Miejsce bytowania: stawy, jeziora, rzeki. Jeśli jakiś zbiornik wodny jest zamieszkany przez wodnika, to na jego dnie znajduje się jego dom lub pałac.
- Cechy szczególne: wodnik jest jedynym i niepodzielnym władcą zbiornika wodnego, który zamieszkuje. Niektóre wodniki miały nawet pałace i całe dwory sobie podobnych istot, którymi rządziły. Wodnik najczęściej przybiera postać starszego mężczyzny z długą brodą. Jednak od ludzi odróżniają go zielone lub niebieskie niby-rybie oczy pewna stale utrzymująca się wilgotność skóry, a także błona pławna pomiędzy palcami. Z niewiadomych dzisiaj powodów wodniki lubują się w kolorze czerwonym i preferują głównie ubrania o tej barwie.

- Oddziaływanie: wodnik dba o swoje królestwo. Jeśli ludzie mu nie wadzą, to sam nigdy nie ujawnia swojej obecności. Jednak jeśli już ktoś zalazł mu za skórę, to staje się bardzo złośliwy. Potrafi zwabiać ludzi w głębiny, a następnie ich topić. Raz w roku, w Noc Kupały, robi się wyjątkowo niebezpieczny, gdyż niemalże zawsze próbuje utopić pannę puszczającą wianek na wodę bądź kawalera usiłującego go wyłowić.
- Jak go zabić: przede wszystkim należy go unikać. By go zabić, musimy najpierw wywabić go na brzeg, gdzie staje się bezbronny. Pod wodą żaden śmiertelnik nie ma z nim najmniejszych szans. Zabezpieczyć się przed wodnikiem można było poprzez przywiązanie do pasa garści bylicy piołun, która działa na niego odstraszająco. Dodatkowo można było próbować zyskać sobie przychylność wodnika poprzez składanie mu do wody ofiar z żywych zwierząt.

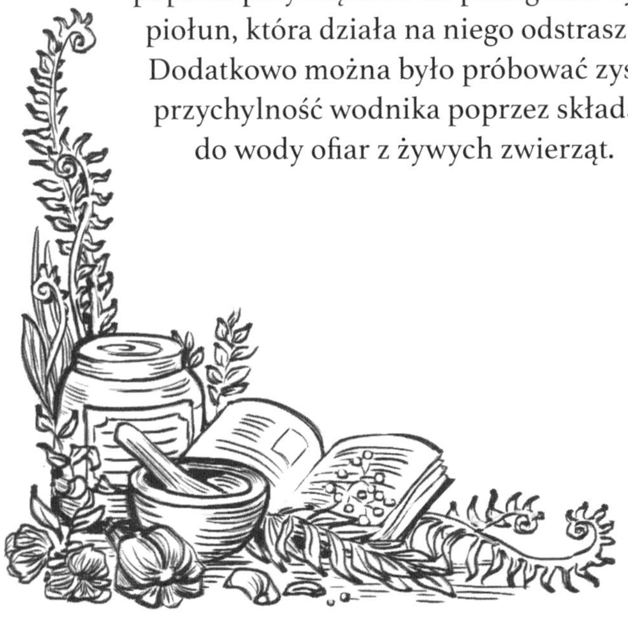

21
Wrzesień

22
Wrzesień

23

Wrzesień

Święto Plonów

24

Wrzesień

Święto Plonów

Święto Plonów, zwane także Żniwiokiem, to dzisiejsze Dożynki. Celebrowano je w okresie równonocy jesiennej. Był to okres zakończenia pracy w polu. Do dzisiaj na wsiach obchodzi się je bardzo hucznie, by w ten sposób ogłosić koniec żniw.

Z tej okazji organizowano festyny oraz wspólne biesiady. Był to też moment, gdy proszono bogów, by w przyszłym roku zbiory były jeszcze okazalsze Jednak przede wszystkim cieszono się na zasłużony odpoczynek.

Dla naszych przodków bardzo ważny był ostatni pasek niezżętego zboża, tak zwana kępa. Najlepszy żniwiarz ścinał je na sam koniec. To z niego był wyplatany dożynkowy wieniec ofiarny.

Wieńce przyozdabiano gałązkami jarzębiny, kwiatami i wstążkami. Miały kształt koła lub korony. Żniwiarka niosła go na głowie bądź jeśli był wyjątkowo okazały, to w dłoniach. W niektórych rejonach naszego kraju przystrajano go również żywymi (!) zwierzętami, głównie kogutami, gęsiami lub kaczątkami.

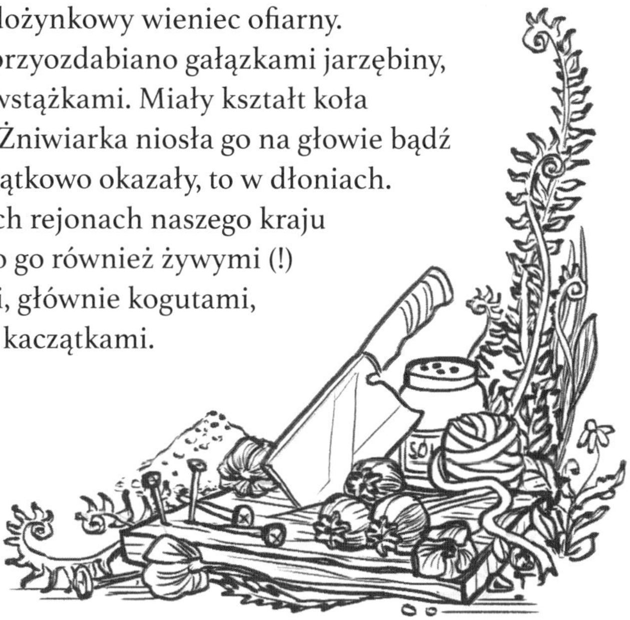

Z samego rana w dniu święta należało obejść wszystkie swoje pola, trzymając wieniec. Wskazane było także hałasowanie drewnianymi kołatkami i głośne okrzyki radości, by bogowie nas usłyszeli, a także po to, by przegnać licho i złe spojrzenia nieprzychylnych nam osób.

Wieńce zanoszono później na festyny, by inni mogli je podziwiać. W czasie świąt palono ogniska, w których dawano bogom ofiary, dzielono się kołaczem oraz miodem. Po zakończeniu obchodów należało zabrać ze sobą swój wieniec do domu, by przechować go w stodole jako dobrą wróżbę aż do wiosny. Ziarna, które wykruszyły się ze zboża z wianka, dokładnie zbierano, by móc wysiać je jako pierwsze w następnym roku.

Część zachowanej kępy chowano do Szczodrych Godów, by wróżyć ze słomek.

25

Wrzesień

26

Wrzesień

27
Wrzesień

28
Wrzesień

29
Wrzesień

30
Wrzesień

Dziewczyny zerwały się na równe nogi z głośnym śmiechem. Jeszcze raz sięgnęłam po swój dzbanek miodu i zaklęłam, kiedy jak papugi powtórzyły. Dobra, tańczyć nago, w dodatku na trzeźwo w środku lasu, nie potrafię. Będą musiały jeszcze się ze mną napić. Trudno!

Klaszcząc, zaczęłyśmy śpiewać i tańczyć dookoła ogniska. Nasze umazane miodem ciała lśniły w świetle ognia. Dokuczliwe owady gdzieś zniknęły. Nie przyciągał ich słodki zapach ani gorąco naszej skóry.

Taniec robił się coraz szybszy i coraz bardziej szalony. Czułam, jak ogarnia mnie wesołe podniecenie. Robiłam przecież coś niedozwolonego! Trzask płonącego drewna, szum wiatru wśród liści, klaskanie naszych dłoni – wszystko to połączyło się w pierwotną muzykę, która zawładnęła naszymi sercami.

Żerca

Piękna jak… szeptucha, część 3

Tymiankowe mydło złuszczające

- Skład: 2 łyżki suszonego tymianku, 1 łyżka suszonego rozmarynu, 1 kostka mydła naturalnego, 3 łyżki płynnego miodu, ⅔ szklanki wody.
- Przygotowanie: Zioła rozgnieć w moździerzu na miałki proszek. Pokrusz mydło na drobne kawałki. Rozgrzej wodę w garnku, wsyp do niej rozgniecione zioła. Doprowadź odwar do wrzenia. Dodaj mydło. Mieszaj, aż całkowicie się rozpuści. Zdejmij z ognia garnek. Dodaj miód i wymieszaj bardzo dokładnie. Przelej masę do foremek, zostaw do ostygnięcia.
- Stosowanie: Myj dwa razy dziennie twarz i okolice dekoltu. Mydło przyspieszy złuszczanie zrogowaciałej skóry i nawilży twarz.

Kąpiel z kasztanowca na poprawę kształtów

- Skład: Dwie pełne garście zasuszonych kwiatów kasztanowca, 7 szklanek wody.
- Przygotowanie: Kwiaty zalej zimną wodą i odstaw na 12 godzin. Następnie podgrzej wodę, ale nie doprowadzaj jej do wrzenia! Podgrzany odwar przelej do wanny z ciepłą wodą.

- Stosowanie: Zażywaj kąpieli z wyciągiem z kasztanowca dwa razy w tygodniu. W wannie nie spędzaj więcej niż 30 minut. Stosowane regularnie zmniejszą cellulit, obrzęki i wzmocnią naczynia krwionośne.

Kąpiel uspokajająco-odkażająca z czeremchy

- Skład: 4 duże garście świeżych lub suszonych kwiatów czeremchy, 2 łyżki kory czeremchy, 1 litr wody.
- Przygotowanie: Kwiaty oraz korę doprowadź do wrzenia, a następnie gotuj na małym ogniu przez około 20 minut w 1 litrze wody. Odwar przestudź, można go trzymać później w lodówce.
- Stosowanie: Zażywaj 15-minutowych kąpieli z dodatkiem szklanki otrzymanego odwaru. Oprócz działania uspokajającego i odkażającego łagodzi także bóle reumatyczne.

Kąpiel uspokajająca, poprawiająca stan skóry skłonnej do wyprysków

- Skład: 4 garście macierzanki, 4 garście owoców jałowca, 4 garście liści szałwii, 4 garście kłączy tataraku.

- Przygotowanie: Wymieszaj zioła ze sobą. 7 łyżek mieszanki zalej 2 litrami wody i gotuj 10 minut pod przykryciem. Odstaw do przestudzenia na pół godziny. Następnie przecedź za pomocą gazy. Wlej całość do wanny z ciepłą wodą.
- Stosowanie: Najlepiej zażywaj 15-minutowych kąpieli co dwa dni.

Październik

1
Październik

2
Październik

Demoniczne istoty i jak je zabić

Latawiec/latawica

- Pochodzenie: to demon powstały z człowieka zmarłego gwałtownie i przedwcześnie, czasami z poronionego dziecka. Niektórzy wisielcy mieli także niemiły zwyczaj przeistaczania się po swojej śmierci w latawca.
- Miejsce bytowania: pola i łąki, a także ludzkie obejścia.
- Cechy szczególne: pojawia się pod postacią niezwykle przystojnego mężczyzny lub pięknej kobiety, czasami czarnego ptaka. Jednak zwykle jest po prostu podmuchem wiatru.
- Oddziaływanie: w dużej mierze zależało od tego, czy latawiec był za życia niegodziwym człowiekiem. Jeśli tak, to biada obejściu, w którym się zadomowi. Latawiec pod postacią wiatru potrafi uczynić bardzo dużo szkód. Latając tuż nad ziemią, wydaje przeciągłe gwizdy albo krzyki. Jego cechą szczególną jest przyciąganie piorunów.

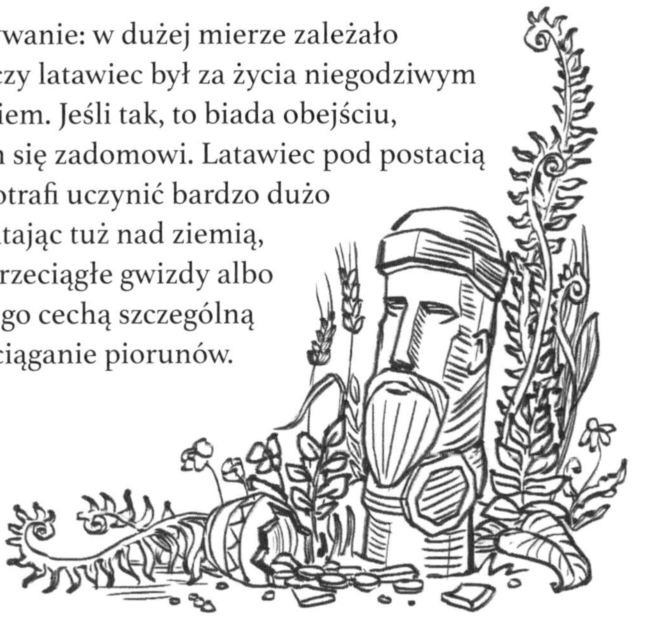

Każda błyskawica zawsze kieruje się w jego stronę. Z tego powodu niegodziwe osobniki mogły specjalnie nakierowywać pioruny na dachy ludzkich siedzib i świątyń. Jeśli z kolei latawiec cechował się dobrą naturą, mógł bardzo pomóc gospodarzowi, na przykład popychając skrzydła wiatraka, przez co stawał się duchem opiekuńczym gospodarstwa. Można go było do tego przekupić za pomocą smacznego jedzenia. Jednak z obłaskawianiem latawców należy uważać. Demony te bardzo tęsknią do życia i potrafią uwieść nieostrożnego gospodarza lub gospodynię za pomocą hipnozy. Niestety, nie są zbyt stałe w uczuciach i często porzucają swoje ofiary, by szukać miłości gdzie indziej.

- Jak go zabić: żeby pozbyć się latawca lub latawicy, należało okadzać świńskim łajnem obejście i siebie samego bądź cierpliwie poczekać, aż trafi go piorun lub znudzony znajdzie sobie nowego gospodarza.

3

Październik

4

Październik

5

Październik

6

Październik

7

Październik

8

Październik

9

Październik

10

Październik

Demoniczne istoty i jak je zabić

Żmij

- Pochodzenie: potwór stworzony przez bogów najwyraźniej tylko dla zabawy. Dzieli się na wiele gatunków i podgatunków. Nazwa „żmij" jest najbardziej ogólna.
- Miejsce bytowania: głównie niebo i burzowe chmury lub ciemne jeziora, jednak wszędzie należy mieć się na baczności.
- Cechy szczególne: wężowe ciała oraz skrzydła. Złośliwość.
- Oddziaływanie: niszczą dobytek ludzki, uwielbiają porywać ludzi w chmury za pomocą wichury. Często składano im ofiary, więc w miejscu, w którym śpią, może znajdować się dużo skarbów (oraz martwych dziewic – co kto lubi, nikogo nie oceniamy). Gatunkiem żmijów są smoki, demony typowo powietrzne – jeszcze bardziej złośliwe.
- Jak go zabić: a po co ty w ogóle do niego podchodzisz?! Uciekaj!!!

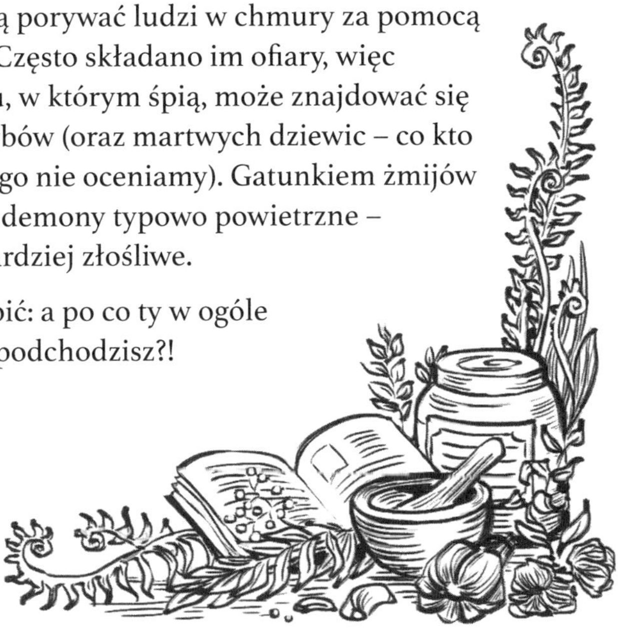

11

Październik

12

Październik

Neosłowiański horoskop – Krwawnik
(dla urodzonych między 23 września a 22 października)

Krwawnik to bardzo pospolite zioło obecne na naszych łąkach. Zawdzięcza nazwę swoim właściwościom. Przetwory z ziela krwawnika hamują krwawienia z błon śluzowych, dodatkowo działają rozkurczowo na mięśnie gładkie jelit. W przeszłości stosowano go na krwotoki wewnętrzne. Z kolei dla kobiet tworzono mieszanki pobudzające miesiączkowanie i łagodzące bóle menstruacyjne.

Z rozdrobnionego ziela przygotowywano również maseczki i kremy do twarzy. Miały one działanie hamujące łojotok. Z kolei listki dodawano do potraw. Krwawnik miał także działanie magiczne. Włożenie go pod poduszkę pomagało wyśnić sen o ukochanej osobie.

Krwawnik to symbol boga Swarożyca będącego opiekunem ogniska domowego oraz ognia ofiarnego. Swarożyc jest synem boga Swaroga, który wykuł Słońce, oraz bratem Dadźboga, który każdego dnia popycha je po niebie. Składano mu ofiary w płomieniach, prosząc o łaskę dla domu i obejścia. Wzbudzał szacunek, ale także strach, ponieważ jako swarny bóg bywał nieobliczalny niczym pożoga. W czasie świąt, gdy kapłan rozpalił ognisko, dobrym zwyczajem było zabranie do domu płomienia, czyli żywego ognia, by zapewnić sobie dobrobyt.

Osoby urodzone w znaku Krwawnika, a obdarzone łaską Swarożyca, są niezwykle zdolne, nauka przychodzi im wyjątkowo łatwo. Umieją przekuć niemalże każdą dziedzinę życia w sukces – nieważne, czy zajmą się pracą naukową, czy warsztatem. Jednak ich złą cechą jest lenistwo, które często sprawia, że nie potrafią osiągnąć wyznaczonych celów. Mimo to nie przejmują się niepowodzeniami.

Są uznawane za dusze towarzystwa. W miłości bywają wybredne, długo szukają swojej drugiej połówki, idealnego partnera.

13

Październik

14

Październik

15

Październik

16

Październik

Nalewka z szyszek chmielu

Składniki:

- 50 g szyszek chmielu. Szyszki muszą być żółtozielone
- 0,5 l spirytusu
- 0,2 l wódki

Przygotowanie:

- Szyszki chmielu umyj dokładnie i wysusz ręcznikiem.
- Przesyp szyszki do dużego słoja, zalej spirytusem i wódką. Zakręć szczelnie słoik i odstaw w ciemnym miejscu na 3 tygodnie.
- Wstrząsaj słojem co kilka dni.
- Po 3 tygodniach przelej nalewkę przez czystą gazę do butelek. Odstaw butelki w ciemnym miejscu na 1 miesiąc.

Właściwości nalewki z szyszek chmielu:
Ma działanie antyseptyczne. Poprawia trawienie oraz działa uspokajająco. Jest nieoceniona przy problemach z zasypianiem.

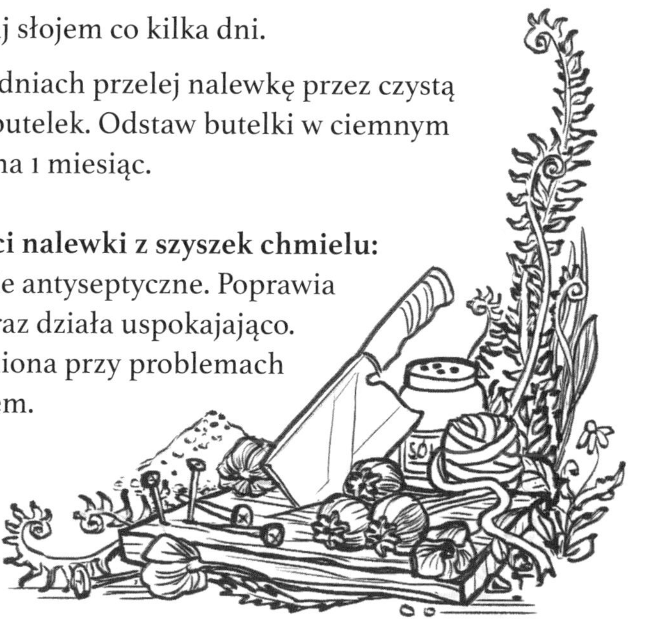

17
Październik

18
Październik

19

Październik

20

Październik

21
Październik

22
Październik

Demoniczne istoty i jak je zabić

Kikimora

- Pochodzenie: duch domowy.
- Miejsce bytowania: ciemne wnętrza, strychy i piwnice.
- Cechy szczególne: przyjmuje postać starej kobiety, lubi upodabniać się do gospodyni domu. Czasowo może stać się niewidzialna. Uwielbia przędzenie lnu i wełny.
- Oddziaływanie: psoci głównie mężczyznom, których nie cierpi. Plącze włóczkę, tłucze talerze, wyrywa pióra kurom, nocą budzi niemowlęta.
- Jak ją zabić: nie da się jej zabić. Można ją tylko przegonić. W tym celu na drzwiach i oknach powieś amulety – stworzone z przewierconych kamieni, kawałków włóczki oraz glinianych naczyń. Możesz także sprawić sobie dużego psa, który ją przepędzi. Gdy tylko ucieknie, rozsyp sól pod progiem i przy oknach, żeby nie mogła wrócić. Zniechęcona po jakimś czasie przeniesie się do sąsiadów.

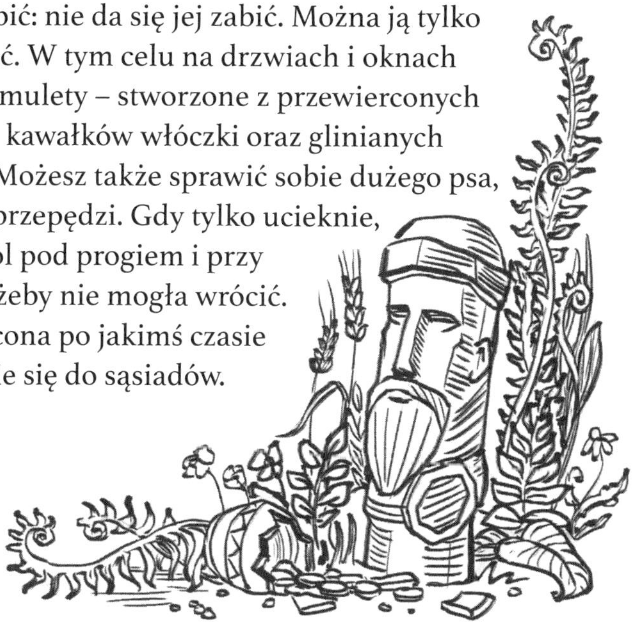

23

Październik

24

Październik

25

Październik

26

Październik

Zagadki górali beskidzkich

1. Leci, leci, a skrzydeł nie ma. Spadnie, spadnie i już go nie ma.
2. We dnie i w nocy wywaluje ocy.
3. Co jest we worecku na jednym kołecku?
4. Ma sobie dwa różki i ani jednej nóżki. Chałupę na grzbiecie nosi, nikogo o nic nie prosi.
5. Zrobis, nie wies komu. A kto kupi, nie trza mu.
6. Trzy litery w jednej kroi. A na ćwartej kropka stoi. Piąta górą przekreślona. Sósta kołem obwiedziona. Siódma wąz misternyj. Ósma miesiąc niezupełny. (zagadka szkolna!)
7. Lezie, lezie po żelezie. Kany dziura, to tam wlezie.
8. Trzy konie o jednym ogonie.
9. Pytała pani oraca, żeby jej zaorał kudłaca. Kudłac się jej rozdziera, a óna go ręką podpiera.

Odpowiedzi: 1 – śnieg; 2 – okna; 3 – mak; 4 – ślimak; 5 – trumna; 6 – miłość; 7 – klucz; 8 – widły; 9 – grzebień

27

Październik

28

Październik

29 Październik

30 Październik

Dziady

Dziady, czyli święto pogodzenia się ze zmarłymi i celebrowanie ich ponownego przyjścia na świat, obchodzono kilka razy w roku. Najważniejsze były Dziady wiosenne odbywające się około 2 maja, oraz Dziady jesienne świętowane w nocy z 31 października na 1 listopada. W niektórych rejonach naszego kraju obchodzono Dziady nawet sześć razy!

Dziady były bardzo wesołymi świętami, podczas których nikt się nie smucił. Nasi przodkowie się radowali, bo tej nocy zmarli wracali na ziemię, by nas odwiedzić i nagrodzić swoją przychylnością oraz łaskami.

Obowiązkowo należało wybrać się na cmentarz, żeby zanieść swoim przodkom jedzenie i picie. Ustawiano je na grobach, często urządzając sobie na nich prawdziwe uczty. Wierzono, że zmarli także biesiadowali.

Do dzisiaj przetrwał zwyczaj zapalania na grobach świeczek i zniczy. W przeciwieństwie do dzisiejszego zastosowania nie robiono tego wcale, żeby zapewnić zmarłych o swojej pamięci. Znicze musiały płonąć, by przodkowie, którzy opuścili swoje mogiły, umieli wrócić do zaświatów. Z tego samego powodu rozpalano ogniska na skrzyżowaniach. Bez światła, stanowiącego latarnię i wskazówkę, dusze mogły zagubić się na ziemi. W takim wypadku błąkałyby się po niej aż do następnych Dziadów. A niosło to ze sobą kilka niebezpieczeństw. Nawet pozytywnie do nas nastawione dusze ukochanych babci i dziadka po kilku miesiącach mogły nam zacząć zazdrościć życia i zacząć płatać psikusy.

W okresie Dziadów bardzo chętnie proszono przodków o przychylność, jednak w żadnym razie nie chciano, by zostali z nami za długo. Z tego powodu podczas obchodzenia tego święta nie robiono wielu rzeczy. Nie należało szyć, by niechcący nie przyszyć do siebie spacerującej obok duszy. Nie wolno było wylewać odpadków za okna, by nie pobrudzić przechodzącego akurat przodka. Nie wolno było palić w piecu, by nie spopielić zmarłego, który postanowił wejść do domu przez komin. Dobrym zwyczajem było zostawianie jedzenia i picia na stole, gdyby chcieli się poczęstować, albo zostawienie rozgrzanej wody w łaźni, gdyby mieli ochotę na kąpiel.

31

Październik

Niebo było bezchmurne. Dagome zadarł głowę i stał przez chwilę w bezruchu, wpatrując się w migocące gwiazdy. Przytrzymał dłonią szeroki kaptur, by nie spadł mu z głowy. Zamrugał, gdy smukły sierp księżyca na chwilę przysłonił cień. Gdzieś zaskrzeczał puszczyk.

Cmentarzysko pod Wzgórzem Lecha było zatłoczone. Ktoś popchnął go zniecierpliwiony, że tarasuje wąską ścieżkę, zamiast tak jak inni iść do przodu. Oderwał spojrzenie od nieboskłonu i pozwolił, by porwał go tłum.

Mimo że przewyższał wzrostem większość mężczyzn, to nikt nie zwracał na niego uwagi. Przykurzony płaszcz podróżny, kaptur nasunięty na twarz oraz zatknięte za pas noże skutecznie odstraszały od niego pijanych mężczyzn szukających zwady, a gadatliwych zniechęcały do pogawędki o niczym.

Drżące płomienie pochodni, zatkniętych w ziemię w równych odstępach, oświetlały trakt prowadzący w głąb miasta zmarłych. Szedł powoli, wdychając dym i żywiczny zapach wiecznie zielonych cisów strzegących bram cmentarza.

Usłyszał muzykę, gwar i śmiech. Dziady, święto zmarłych, zawsze były wesołe. Nigdy tego nie rozumiał. Nie potrafił cieszyć się, że jego bliscy nie żyją. Nie wierzył, że po śmierci może być lepiej. Celowo nie odwiedzał miejsca pochówku Dobrawy i Garda. Bał się tego, co mógłby poczuć, gdyby znowu znalazł się blisko nich.

Teraz złamał swoją zasadę. Przyszedł, chociaż się bał. Przyszedł dla Ote.

Jaki ogień płonie w twojej duszy?
Test

1. Pierwsza miłość:
   a) Ukochana osoba pojawiła się pewnego dnia w twoim życiu i zupełnie cię zaskoczyła. Twoja pierwsza miłość była pełna romantyzmu;
   b) Nawet nie wiesz, kiedy się zakochałeś. Uczucie po prostu się pojawiło, delikatne i spokojne;
   c) Bardzo długo przyzwyczajasz się do nowych osób, uczucie powoli pojawiało się w twoim sercu. Nie jesteś zwolennikiem gwałtownego okazywania uczuć;
   d) Od razu zakochałeś się na zabój. Pierwsza miłość o mało cię nie spaliła;
   e) A co to jest pierwsza miłość? Co miesiąc się w kimś zakochujesz i każdy raz jest tym pierwszym (z daną osobą).

2. Twój ulubiony sposób spędzania urlopu:
   a) Wyjazd do pełnego wygód hotelu, połączony z kilkoma ekscytującymi wycieczkami;
   b) Wyjazd nad morze lub jezioro, gdzie spokojnie nadrobisz wszystkie zaległości książkowe i odpoczniesz;
   c) W domu. Nie lubisz tracić pieniędzy na zbędne wyjazdy. Będziesz mieć wreszcie czas, żeby porządnie posprzątać;

d) Jesteś zwolennikiem survivalu. Przemarsz przez amazońską dżunglę z jedną zmianą bielizny, to by było coś!
e) Najchętniej na działce, gdzie mógłbyś zaprosić wszystkich swoich znajomych. Jesteś bardzo towarzyski, nie wyobrażasz sobie wakacji bez przyjaciół.

3. Twoje zwierzątko domowe:
a) Pies lub kot. Tak naprawdę lubisz wszystkie zwierzęta;
b) Kot, bo nie trzeba wyprowadzać go na spacery;
c) Nie lubisz zwierząt. Ewentualnie mógłbyś skusić się na rybki;
d) Które? Masz ich tyle, że powoli zaczynasz tracić rachubę. Ostatnio przyniosłeś do domu gekona;
e) Golden retriever.

4. Najchętniej pijesz:
a) zieloną herbatę;
b) melisę albo rumianek;
c) wodę;
d) potrójne espresso;
e) napoje alkoholowe.

5. W wolnym czasie:
a) uprawiasz sport;
b) czytasz;
c) nadrabiasz zaległości z pracy;
d) jedziesz na spontaniczny urlop;
e) spotykasz się ze znajomymi.

Przewaga A: Ognisko w lesie. Z pozoru wydajesz się spokojną osobą, jednak pod skórą kipią ci emocje, a w sercu bucha płomień. Cenisz wygody, jednak jesteś w stanie poddać się odrobinie szaleństwa. Jesteś osobą rodzinną, która nie lubi samotności.

Przewaga B: Płomyk świecy. Cenisz przede wszystkim spokój. Wystrzegasz się gwałtownych emocji, nie lubisz kłótni. Pragniesz żyć w harmonii w możliwie najprostszy sposób, jaki istnieje. Inni ludzie często cię nie zauważają.

Przewaga C: Żarówka energooszczędna. Jesteś osobą nieufną, której zaufanie trzeba bardzo długo zdobywać. Jednak jeśli już komuś się to uda, będziesz jego przyjacielem do grobowej deski. Bywasz przesadnie oszczędny, nie lubisz niczego marnować.

Przewaga D: Pożar. Zazwyczaj jesteś chodzącym kłębkiem nerwów. Bardzo łatwo wyprowadzić cię z równowagi. Jednocześnie twoją głowę wypełniają szalone pomysłów, których nie boisz się realizować.

Przewaga E: Grill elektryczny. Prawdziwa dusza towarzystwa z ciebie, często jesteś uważany za lokalnego wesołka. Nie tolerujesz samotności. Dookoła ciebie cały czas musi dziać się coś ciekawego. Masz wiele ciekawych pomysłów na życie, jednak cechuje cię słomiany zapał. Mimo to cieszysz się ogólną sympatią.

Listopad

1

Listopad

2

Listopad

3

Listopad

4

Listopad

5
Listopad

6
Listopad

Demoniczne istoty i jak je zabić

Bazyliszek

- Pochodzenie: to demon wykluwający się z jaja złożonego przez koguta (najlepiej siedmioletniego), umieszczonego na stercie gnoju, a wysiedzianego dziewięć lat przez ropuchę. Zawiłość jego pochodzenia łatwo tłumaczy, czemu nie spotykamy bazyliszków na co dzień.
- Miejsce bytowania: obecnie ciemne piwnice i lochy. Dawniej także pustynie. Najsłynniejszy polski bazyliszek miszkał w jednej z warszawskich piwnic, a dokładniej pod kamienicą przy Krzywym Kole.
- Cechy szczególne: jest kilka wersji jego wyglądu. W niektórych źródłach przedstawiany jest jako czworonożny kogut o jaszczurzym ogonie i ropuszych oczach. Wedle innych ma ciało węża i kogucią głowę.

- Oddziaływanie: jest niezwykle jadowity. Dodatkowo jego wzrok potrafi zabijać, a dokładniej mówiąc, zamieniać nieszczęśników w kamień. Zwykle pilnuje skarbów i atakuje tylko wtedy, gdy ktoś chce mu je wykraść. Tam gdzie bytuje, nie ma żadnych pająków, ponieważ śmiertelnie się go boją.
- Jak go zabić: wedle warszawskiej legendy należy podsunąć mu przed pysk lustro, by sam zamienił się w kamień.

Notatki

7

Listopad

8

Listopad

9

Listopad

10

Listopad

11

Listopad

12

Listopad

Neosłowiański horoskop – Tatarak

(dla urodzonych między 23 października a 22 listopada)

Tatarak to powszechnie występująca bylina. Jest na tyle powszechna, że w naszym kraju występowała pod kilkudziesięcioma różnymi nazwami. Najdziwniejsze imiona tego ziela to: ajer, agier, kalmus, pluszczu, sowar, szuwar, gałgan, kłącz, lepiecha, łącz, panny na rzece, szczwar.

Tatarak przez wieki używany był do produkcji lekarstw oraz kosmetyków, a także jako środek aromatyzujący do syropów lub nalewek. W medycynie ludowej używano go do przywracania cyklu miesięcznego u kobiet, żuty łagodził ból zębów i wzmacniał głos u śpiewaków, a spożywany pomagał w schorzeniach przewodu pokarmowego. Wyciąg alkoholowy z tataraku działa także przeciwgrzybiczo i częściowo przeciwbakteryjnie. Dawniej stosowano go zamiast mycia zębów do oczyszczenia oddechu, dodawano olejek z tataraku do kąpieli na wzmocnienie skóry i włosów.

Z tatarakiem należało jednak uważać, ponieważ spożyty w zbyt dużej ilości powodował halucynacje.

Rod jest bogiem, który wyjątkowo ukochał sobie ziele tataraku. Najprawdopodobniej jest synem bogini Mokosz i boga Welesa. Jak wskazuje jego imię, opiekuje się rodzinami i dba o to, by rody trwały przez wieki. Jego trzy córki – Rodzanice – po narodzinach dziecka debatowały nad jego losem, a następnie go zaplatały i pilnowały linii życia.

Osoby urodzone w znaku Tataraku, obdarzone łaską Roda, są niezwykle szczere. Starają się nie kłamać. Zdecydowanie wolą mówić prawdę, nawet gdyby była bolesna. Cieszą się dużą sympatią otoczenia. Cenią tradycje, ale czasami są zbyt mocno do nich przywiązane. Często w postrzeganiu świata używają jedynie czerni i bieli. Trudno im zrozumieć, że ktoś może nie stosować się do ogólnie przyjętych norm. Są nadzwyczaj cierpliwe. Bywają bezkompromisowe, co może przerodzić się w brak litości.

Swoich wybranków obdarzają szczerym i bardzo gorącym uczuciem. Miłość jest dla nich nieustanną walką, wciąż boją się konkurencji.

13

Listopad

14

Listopad

Demoniczne istoty i jak je zabić

Kłobuk

- Pochodzenie: demon, powstawał z poronionego dziecka.
- Miejsce bytowania: obejście chałupy.
- Cechy szczególne: wygląda jak mokra czarna kura, wrona albo kaczka, czasami bywa człekokształtny.
- Oddziaływanie: to rodzaj ducha opiekuńczego. Nie czyni krzywdy domownikom. Pomaga pomnożyć bogactwo, okradając sąsiadów. Nie robi tego jednak za darmo. Należy codziennie karmić go jajecznicą. Można sprowadzić go do domu, zwabiając jedzeniem lub (nieco drastyczniejszy sposób, nie polecamy go) zakopując pod progiem poroniony płód.
- Jak go zabić: nie ma potrzeby. Gdy przestanie się go karmić, sam ucieknie. Niestety, razem z naszym bogactwem.

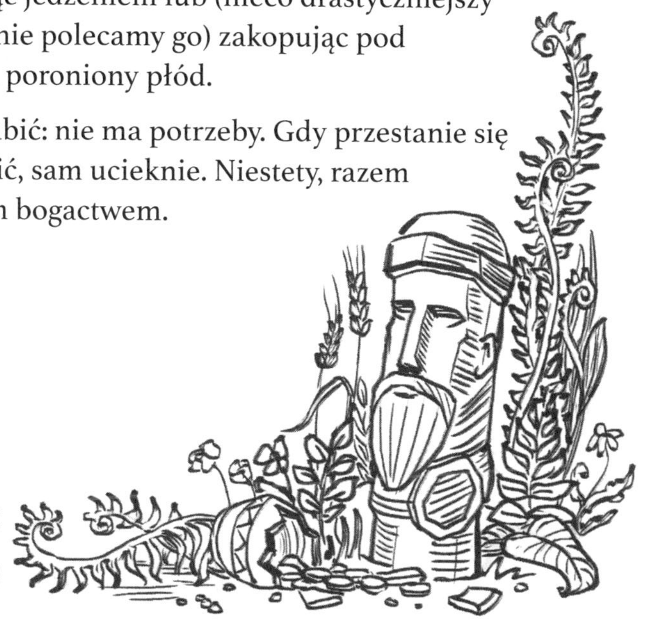

15
Listopad

16
Listopad

17

Listopad

18

Listopad

19

Listopad

20

Listopad

Piękna jak… szeptucha, część 4

Nawilżająca maska do włosów suchych z miodu

- Skład: 2 łyżki miodu, 2 łyżki oleju rycynowego.
- Przygotowanie: Wymieszaj dokładnie olej z miodem.
- Stosowanie: Nakładaj na umyte, wilgotne włosy. Nie nakładaj maski tuż przy skórze, ponieważ po wysuszeniu włosy będą wyglądać na przetłuszczone. Najlepiej nanosić ją od połowy długości włosów. Owiń głowę folią i ręcznikiem na 30 minut. Spłucz maskę. Stosuj ją 2 razy w tygodniu.

Witaminowa płukanka do włosów z cebuli do blond włosów

- Skład: 3 garście suchych łusek cebulowych, 1 l wody.
- Przygotowanie: Zagotuj łuski w wodzie. Przestudź.
- Stosowanie: Przemyj odwarem umyte wcześniej włosy. Nie płucz ich ponownie! Można ją stosować codziennie. Wzmacnia włosy i nadaje im złocisty odcień.

Wzmacniająca płukanka z czarnego bzu

- Skład: 1 garść świeżych lub suszonych kwiatów z czarnego bzu, 1,5 szklanki wody.
- Przygotowanie: Zagotuj kwiaty w wodzie. Przykryj i pozostaw do ostudzenia. Zimną już płukankę przecedź przez gazę.

- Stosowanie: Umyte włosy przemyj odwarem. Nie musisz ich ponownie płukać wodą. Stosuj płukankę dwa razy w tygodniu. Zapobiega wypadaniu włosów i nadaje im miękkości oraz połysku.

Płukanka z piwa do zniszczonych włosów

- Skład: butelka ciemnego piwa, 1 szklanka przegotowanej wcześniej wody.
- Przygotowanie: Przelej piwo do miski i zostaw na kilka godzin, by odparował alkohol. Zmieszaj z wodą.
- Stosowanie: Przemyj umyte wcześniej włosy. Dla lepszego efektu można nałożyć ręcznik i odczekać 10 minut. Możesz ją stosować raz na tydzień. Pomaga odbudować zniszczone i połamane włosy. Dodaje im objętości.

Przyciemniająca płukanka odżywiająca z szałwii

- Skład: 3 garście suszonej szałwii, 2 szklanki wody.
- Przygotowanie: Zagotuj szałwię w wodzie. Odstaw na 20 minut i poczekaj, aż ostygnie. Przecedź odwar przez gazę.
- Stosowanie: Przemyj wcześniej umyte włosy. Możesz ją spłukać później czystą wodą, jeśli boisz się przyciemniającego efektu. Płukanka może zafarbować ręcznik i ubranie! Stosuj raz w tygodniu.

21
Listopad

22
Listopad

23

Listopad

24

Listopad

Demoniczne istoty i jak je zabić

Wilkołak

- Pochodzenie: to demon powstały z człowieka za życia. Jednak w większości przypadków zmiana była odwracalna. W niektórych kręgach bycie wilkołakiem uznawano nawet za... zaszczyt. Zamiana w potwora gwarantowała bowiem zwycięstwo podczas bitwy. Istniało kilka sposobów, by stać się wilkołakiem. Można było przeistaczać się w niego, zarzucając na grzbiet zaczarowaną skórę wilka. Mogło zainfekować nas ugryzienie przez innego wilkołaka bądź mogliśmy nabyć zdolności do likantropii po zjedzeniu wilczego mięsa.
- Miejsce bytowania: lasy, w pobliżu siedzib ludzkich.
- Cechy szczególne: wilczy łeb i masywne, mocno umięśnione cielsko pokryte wilczym futrem. Często niepoczytalność oraz silna agresja skierowana wobec wszystkich i wszystkiego. Niezdrowe zainteresowanie księżycem w pełni. Według niektórych podań tylko w tym momencie ktoś

przeklęty w wilka mógł przyjmować postać wilkołaka. Jeśli jednak przemieniał się z własnej woli, to fazy Księżyca nie miały na niego żadnego wpływu.

- Oddziaływanie: wilkołaki atakowały ludzi nie po to, by kogoś zarazić wilkołactwem, ale aby zabić za poniesione bądź domniemane krzywdy.
- Jak go zabić: jeśli ktoś został zamieniony wbrew swojej woli, należy dowiedzieć się, w jaki sposób się to stało. W przypadku przykrycia magiczną skórą wilka można spróbować ją zerwać z nieszczęśnika. Jeśli przeciwnik zamienił się w wilkołaka z własnej woli, należało walczyć najdzielniej, jak się tylko potrafi, bądź poczekać, aż zamieni się z powrotem w człowieka, i wtedy go utłuc.

25
Listopad

26
Listopad

27

Listopad

28

Listopad

29

Listopad

30

Listopad

Rozpoznaj zioło

A

B

C

D

A – Czosnek niedźwiedzi; B – Żywokost lekarski; C – Czarny bez;
D – Nagietek lekarski; E – Bylica pospolita; F – Babka lancetowata;
G – Skrzyp polny; H – Ślaz dziki

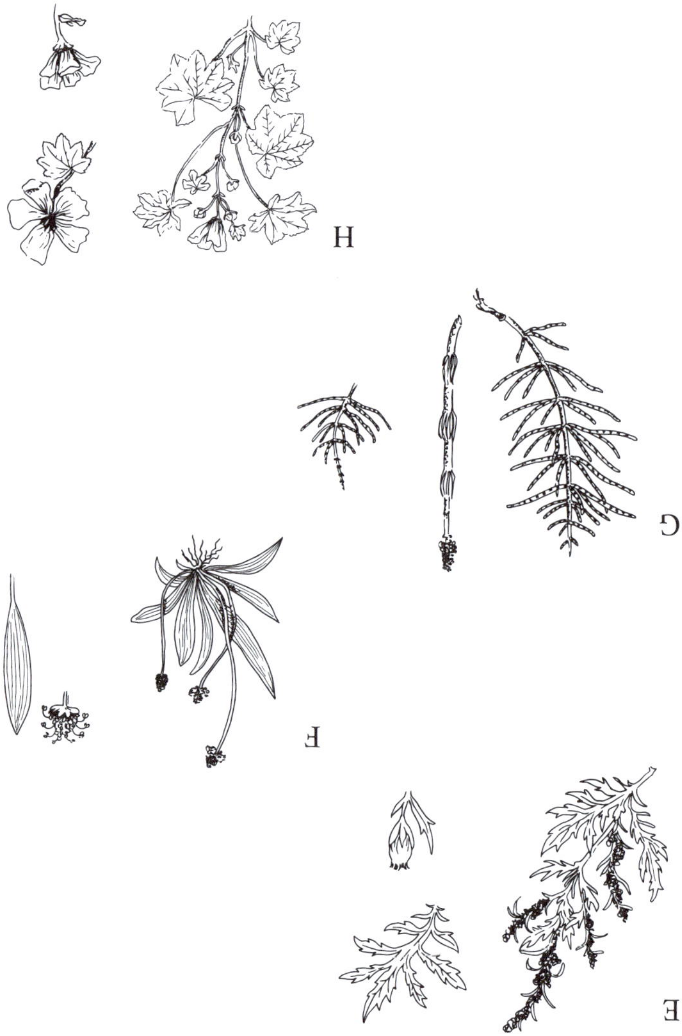

Mroczne cienie czaiły się w kątach pomieszczenia. Pochyły dach strychu przebity był tylko jednym oknem, które jednak zostało szczelnie zaklejone czarnym kartonem.

Usiadłam na piętach i odrzuciłam długie włosy na plecy. Sukienka zafalowała i rozłożyła się dookoła mnie na szorstkich deskach, niemalże w idealny okrąg. Chmurka kurzu uniosła się do góry i zakręciła mi w nosie.

Baba Jaga nie zaglądała na swój strych od kilkudziesięciu lat. Zamknęła za sobą drzwi na klucz, raz na zawsze odgradzając się tym od swojej przeszłości i powiązań z bogiem ognia, Swarożycem.

Potoczyłam spojrzeniem po dużym, pustym pomieszczeniu rozświetlonym dziesiątkami różnokolorowych świec. Ich cienkie płomyczki drżały delikatnie. Cienie w kątach poruszyły się. Odetchnęłam głęboko zatęchłym powietrzem i zamknęłam oczy.

– Czy ktoś tu jest? – zapytałam.

Mój głos zabrzmiał głucho. Zupełnie jakby płomienie pochłaniały dźwięki.

Nie wiedziałam, czy gdzieś tam, w ciemnościach, czają się ubożęta, by podsłuchać każde moje słowo i podejrzeć każdy ruch. Wiedziałam jednak, że jeśli tam były, to przysłał je ich pan, swarny bóg. Usłyszałam jakiś szelest. Czyżby tupot małych stóp?

Otworzyłam oczy. W kurzu przede mną odciśnięte były ślady drobnych stópek.

Były tu.

Sięgnęłam do kieszeni sukienki i wyjęłam czerwoną szminkę. Pomalowałam nią wargi. Następnie zaczęłam rysować na drewnianej podłodze krąg w taki sposób, by otaczał mnie z każdej strony. Całe szczęście, że zamiast krwi można użyć farby lub szminki. Mazanie krwią po podłodze jest takie niehigieniczne.

Sięgnęłam po zeszyt babci, który zabrałam ze sobą. Otworzyłam go na samym końcu, w miejscu, gdzie ołówkiem narysowany był bardzo podobny krąg.

Uśmiechnęłam się pod nosem. Płomienie świec dookoła mnie zadrżały, zupełnie jakby nie mogły się doczekać tego, co niebawem się stanie.

– Już wiem, jak zrobić ci krzywdę – szepnęłam cicho.

Przesilenie

Grudzień

1

Grudzień

2

Grudzień

3

Grudzień

4

Grudzień

5

Grudzień

6

Grudzień

Demoniczne istoty i jak je zabić

Licho

- Pochodzenie: demon żywiący się nieszczęściem.
- Miejsce bytowania: skupiska ludzkie.
- Cechy szczególne: może zmieniać kształty. Przeważnie jest niewidzialne, jednak lubi podróżować po świecie pod postacią bardzo chudej, jednookiej staruszki.
- Oddziaływanie: stara się odnaleźć najszczęśliwszą osobę w okolicy, a następnie mąci jej w głowie swoimi szeptami. Potrafi chować przedmioty, plątać nogi i tłuc naczynia, doprowadzając nieszczęśnika do szaleństwa. Odchodzi, gdy sprowadzi na złą drogę swoją ofiarę.
- Jak go zabić: nie można go zabić. Można jedynie spróbować przepędzić licho za pomocą ochronnych kręgów soli i stale noszonych amuletów. Istnieje też mało elegancki sposób – trzeba często przebywać ze szczęśliwymi osobami. Może przerzucić się wtedy na nową ofiarę, dając nam spokój.

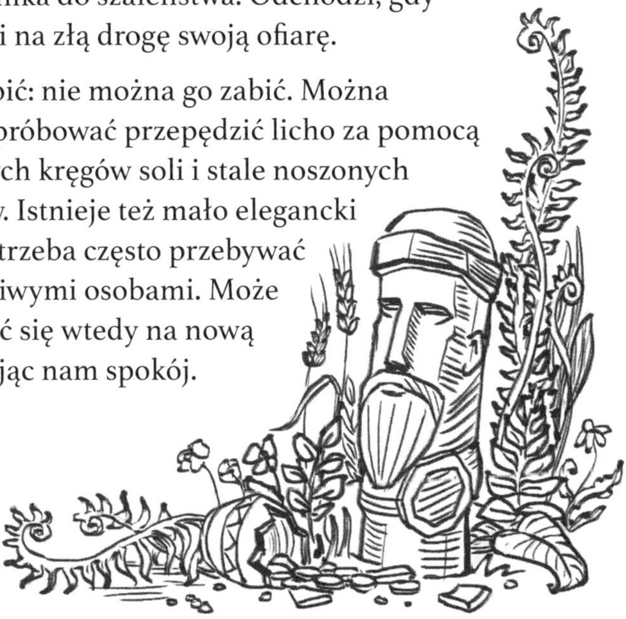

7

Grudzień

8

Grudzień

9

Grudzień

10

Grudzień

11

Grudzień

12

Grudzień

Neosłowiański horoskop – Pokrzywa

(dla urodzonych między 23 listopada a 21 grudnia)

Pokrzywa to zioło stosowane w lecznictwie, kosmetyce, ogrodnictwie. Jest także używana jako roślina jadalna oraz pasza dla zwierząt.

Ma wiele zastosowań leczniczych. W przeszłości robiono z niej okłady na bolące stawy. Uważano, że działa pobudzająco, mężczyźni stosowali ją jako afrodyzjak i środek na potencję. Nawet dzisiaj pokrzywa wchodzi w skład niektórych preparatów na przerost gruczołu krokowego. Pokrzywę stosowano także w chorobach skóry i włosów, między innymi przeciwłupieżowo. Suszone ziele palono niczym papierosy w schorzeniach układu oddechowego.

Ponadto działa lekko moczopędnie, pobudza przemianę materii i poprawia parametry krwi. Dzięki temu często stosują ją osoby walczące z nadwagą.

Z wierzeń ludowych przetrwało do dzisiaj przekonanie, że pokrzywa odstrasza czarownice. Z tego powodu nie wyrywano jej z ogrodów. Często wieszano ją nawet specjalnie na drzwiach od stodoły, by czarownice nie ukradły krowom mleka. W Noc Kupały umieszczano wiązkę na drzwiach domu, by złe demony nie weszły do środka, gdy ludzie się bawili. Zerwana w słoneczny dzień przez męża i schowana po kryjomu pod łóżkiem żony miała zapewnić męskiego potomka. Z kolei wpleciona w wieniec, umieszczony pod powałą, chroniła domostwo przed uderzeniem pioruna.

Siemargł, bóg opiekuńczy roślin oraz domu, upodobał sobie pokrzywę, która mimo że pali i kaleczy, potrafi przynieść ulgę w wielu schorzeniach. Dbał on o to, by zboże dobrze rosło oraz by w ogrodach pojawiały się zioła, które sobie ukochał i którym podarował właściwości lecznicze. W okresie Szczodrych Godów rozsypywano dla niego ziarna zboża na stole. Podczas tego święta zadawano mu pytania o przyszłe plony – ciągnęło się słomkę włożoną pod obrus. Im była dłuższa, tym lepszych zbiorów można się było spodziewać. Często był przedstawiany pod zwierzęcą postacią jako ptak z psią głową albo skrzydlaty pies.

Osoby urodzone w znaku Pokrzywy, a obdarzone łaską Siemargła, są pełne entuzjazmu i ciekawości do świata. Często marzą o przyszłości. Są bardzo ciepłe i życzliwe. Zawsze stają w obronie słabszych. To prawdziwe dusze towarzystwa, chociaż często pod maską dowcipu ukrywają swoje smutki. Nie lubią siedzieć bezczynnie. Niestety, nie mają zbyt dużo szczęścia, przez co życie nie zawsze układa im się tak, jak by sobie tego życzyły. Nic nie przychodzi im łatwo, na wszystkie sukcesy muszą zapracować.

Są bardzo kochliwe, nie znoszą samotności. Wielokrotnie wstępują w związki małżeńskie, byle tylko jej uniknąć.

13

Grudzień

14

Grudzień

15

Okres przygotowań

do przesilenia zimowego

Grudzień

16

Grudzień

Przesądy i wróżby związane ze Szczodrymi Godami (z okolic Pińczowa)

- Wstawać bez wołania z łóżka, aby w ciągu roku nie być ospałym.
- Nie należy cały dzień pić wody, aby się w czasie żniwa pić nie chciało.
- Wystrzegać się używania pieprzu, aby nadchodzący rok nie był gorzki i palący jak pieprz.
- Kartofli w tym dniu nie jeść, żeby w ciągu roku nie dostać wrzodów.
- Śmieci w tym dniu zamiecione i wyrzucone przed obcy dom wyprowadzają z domu pchły.
- Słabego do domu nie wpuszczaj, żeby nie przyniósł z sobą choroby.
- Po skończonej wieczerzy dziewczęta czynią wróżbę: przez wrota przerzucając but zdjęty z nogi, obserwują następnie, z której strony cholewa leży. Jeżeli od wrót, to oznaka, że wyjdą za mąż.

- Inne rachują kołki w płocie: jeżeli przy rachowaniu wypadnie na ostatni kołek liczba parzysta, to wróżba co do wyjścia za mąż pomyślna.
- Również po wieczerzy kawalerowie i panny biegną do drwalni, gdzie na narączko biorą drwa. Które z nich przyniesie nie do pary drew, to takiemu dostanie się wdowa, a jeżeli to jest dziewczyna, to wdowiec poprowadzi ją do ołtarza.
- Dziewczęta zamiatają po wieczerzy izbę od progu do pieca, aby ściągnąć chłopaków do domu.
- Gdy zaś wynoszą śmieci na dwór, słuchają, z której strony pies szczeka, bo od tej strony kawaler przyjdzie.
- Śmieci, zmiecione z izby, wynoszą na pola takie, gdzie w tym roku znajdował się chwast i oset. Rzucając śmieci na rolę, należy powiedzieć zamówienie: „Chwast i oset – żebyś z tego pola precz posed”. Potem, gdy wraca się z pola, nie należy się oglądać.

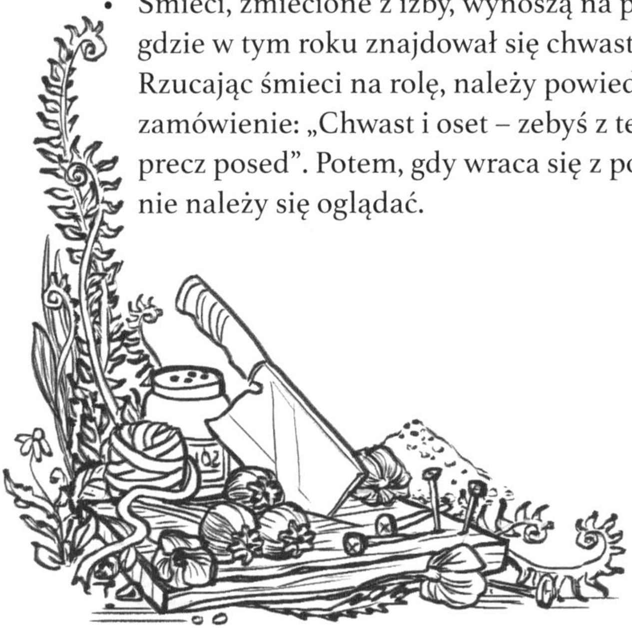

17

Grudzień

18

Grudzień

19

Grudzień

20

Grudzień

Szczodre Gody

21

Grudzień

22

Grudzień

23
Grudzień

24
Grudzień

Szczodre Gody

Szczodre Gody świętowano w dniu przesilenia zimowego, gdy przypada najdłuższa noc w roku. Był to wieczór czarów i magii, głównie poświęcony bogu Welesowi. Poza oficjalnymi modlitwami odprawianymi przez kapłanów był to czas, który poświęcało się rodzinie i który spędzało się przy jednym stole, w czasie wieczerzy.

Wierzono, chociaż nie było to święto zmarłych, że nasi przodkowie mogli nas odwiedzić podczas uroczystej kolacji. Z tego powodu zostawiano wolne nakrycie na stole. Nie tak jak dzisiaj dla zagubionego i strudzonego wędrowca, lecz dla duchów.

Od domu do domu chodzili kolędnicy. W swoich pieśniach jednak nie sławili bogów, tylko przeganiali złe duchy i choroby. Hałasując i przebierając się za rozmaite stwory, kolędnicy usiłowali wygnać demony i oczyścić z nich chaty przed oficjalną wieczerzą.

Domostwa z tej okazji przystrajano. Dawniej nie było choinek. Ta moda dotarła do nas z Niemiec dopiero na przełomie XVIII i XIX wieku.

Wcześniej, zwłaszcza na południu naszego kraju, wieszano pod sufitem chat podłaźniczkę, czyli gałąź sosny lub jodły przystrojoną wstążkami, orzechami i suszonymi owocami. Na haku mógł ją powiesić tylko gospodarz domu. Jej zielone igły i bogate przystrojenie miały nam wywróżyć przyszłe dobre zbiory.

W niektórych rejonach Polski przynoszono w Szczodre Gody do domu część ostatniej kępy zżętej na Święto Plonów, jeśli cała nie została zużyta na wieniec dożynkowy. Kępę, zwaną od teraz diduchem, przystrajano uroczyście jak podłaźniczkę i ustawiano w kącie pokoju.

Kilka suchych słomek z diducha chowano pod obrusem do wróżb. Po wieczerzy członkowie rodziny mający swoje gospodarstwa wyciągali słomki. Ten, który wyciągnął najdłuższą, mógł się spodziewać najlepszych zbiorów w następnym roku.

25

Grudzień

26

Grudzień

27
Grudzień

28
Grudzień

29

Grudzień

30

Grudzień

31
Grudzień

Notatki

Opowiem ci pewną bardzo starą historię. Słuchaj mnie uważnie.

Pokiwałam głową i dałam się porwać legendzie.

– Dawno, dawno temu nie było ziemi i lądów, jakie teraz znamy. Cały świat, otoczony gwiazdami, składał się prawie wyłącznie z wody. Gwiazdy odbijały się w nieskończonym morzu i błyszczały na nieboskłonie. Jednak świat nie istniałby, jeśli coś nie trzymałoby go mocno. Taką funkcję pełniło drzewo kosmiczne. Od zawsze było i będzie osią naszego świata. Trzyma niebo w górze, a podziemia skrywa zazdrośnie wśród swoich korzeni. Dawno temu, gdy nie było jeszcze czasu, wśród rozłożystych gałęzi usiadły dwa ptaki. Mimo że wykluły się z jednego jajka, jeden był biały, a drugi czarny. Choć były jednością, różniły się niczym dzień i noc. Mimo to nie mogły istnieć bez siebie. Ptaki były bogami: Białobogiem i Czarnobogiem. Razem postanowiły stworzyć świat. Odważny Czarnobóg zanurkował głęboko i dwa razy wypływał na powierzchnię, usiłując w swoich szponach przynieść odrobinę piasku z dna morza. Nie udawało mu się. Piasek był wymywany przez wodę, zanim się wynurzył. Dopiero za trzecim razem, gdy nabrał ziaren w swój dziób, udało mu się przynieść go bratu. Czarnobóg wypluł piasek i w ten sposób powstały lądy. Jednak chciał oszukać Białoboga i zatrzymał część piasku dla siebie...

Przesilenie

Opowieści babci szeptuchy

Liczyrzepa

Jeszcze nie tak dawno temu w Karkonoszach, wśród górskich szczytów, mieszkał Duch Lasu. Był jeden jedyny, nigdzie drugiego takiego nie można było znaleźć. Żaden leszy lub gajowy go nie przypominał. Karkonoski Duch spacerował na dwóch jelenich nogach, wesoło stukając kopytkami o kamienie. Miał piękne poroże, którym nieustannie zaczepiał o gałęzie, uszy rysia zakończone długimi włoskami i szary, wilczy ogon. Nikt nie wiedział, skąd się wziął i kto go takiego stworzył. Nawet on sam!

Duch mieszkał w skalnym labiryncie, który sam zbudował. Ludzie, którzy niechcący do niego weszli, bez pomocy Ducha nie potrafili znaleźć wyjścia. Nazwali labirynt Błędnymi Skałami i starali się unikać tego miejsca, by niechcący nie rozgniewać Ducha. On bowiem zwykle kierował wędrowców na właściwe ścieżki, jednak myśliwych nie traktował już tak pobłażliwie.

Oprócz pilnowania, by ludzie nie panoszyli się zbytnio po jego lesie i górach, opiekował się bukami i świerkami zasadzonymi przez bogów. Dbał o to, by wilki, żbiki i niedźwiedzie nie opuszczały granic puszczy i nie naprzykrzały się okolicznym mieszkańcom.

Duch Lasu miał wesołe usposobienie i nie cierpiał samotności. Jego zwierzęcy towarzysze nie byli w stanie odpowiadać mu na pytania ani śmiać się z jego żartów. Z tego powodu pewnego dnia postanowił poszukać dla siebie towarzyszki życia. Znalezienie żony wydawało mu się najlepszym sposobem na przegonienie samotności.

Pod osłoną nocy ruszył traktem w stronę najbliższych miast. Zaglądał ludziom do domostw, zerkał do stodół. Żadna kobieta jednak nie wydawała mu się wystarczająco piękna ani wesoła. Gdy kilka razy usiłował przemówić do jakiejś niewiasty, ta uciekała z krzykiem. Duch Lasu nie potrzebował lękliwej towarzyszki.

Szukał więc nadal.

Pewnego dnia dotarł do Świdnicy. Tam jego niedźwiedzie serce zabiło mocniej. Zobaczył parę spacerującą w pobliżu lasu. Piękna kobieta trzymała dłonie splecione na podołku i pochylała głowę w niezwykle uroczy sposób. Na jej okrągłej twarzy widać było przekorny uśmiech, który dość jasno sugerował, że wcale nie jest płochliwą damą. Razem z nią spacerował młody mężczyzna. On był z kolei wyprostowany i pełen dumy.

Przemawiał na jakiś temat, gwałtownie gestykulując. Co kilka chwil zerkał na kobietę, żeby zobaczyć, czy jego opowieść nadal ją interesuje.

Duch Lasu nie mógł oderwać spojrzenia od pięknej damy. Zakochał się w niej w jednej chwili i postanowił, że zostanie jego żoną.

Kobietą tą była świdnicka księżniczka Dobrogniewa. Obok niej zaś szedł jej narzeczony, książę Mieszko z Raciborza. Wciąż nie zauważyli Ducha Lasu czającego się w pobliskich zaroślach.

Duch wyskoczył spomiędzy drzew, złapał niewiastę i podskakując rączo na swoich jelenich nogach, uciekł w las. Mieszko nie zdołał nawet wyciągnąć miecza, nie mówiąc o jakimkolwiek pościgu. Stał zaskoczony z uniesioną dłonią, przerwawszy w pół słowa swoją wypowiedź.

Duch, nie zważając na protesty i krzyki porwanej kobiety, uciekał tymczasem, ile mu sił starczało. Dobrogniewa nie była jednak delikatną królewną, która w chwili przestrachu mdleje. Świdnicka księżniczka, przeczuwając, że nie może na razie liczyć na ratunek, w żadnym razie nie zamierzała być bezwolną ofiarą. Wiedziała, że wojownicy jej narzeczonego nie znajdą jej w lesie, jeśli upiór ją tam zaciągnie.

Gdy tylko wybiegli z puszczy na pole, postanowiła wykorzystać swoją szansę. Złapała Ducha Lasu za rogi i mocno szarpnęła. Zaskoczony zatrzymał się.

– Postaw mnie na ziemi! – rozkazała. – Nie po to mam dwie nogi, żeby mnie noszono.

Duch natychmiast spełnił jej życzenie zadowolony, że niewiasta najwyraźniej się go nie boi.

– Kim jesteś? – zapytała. – Czy jesteś upiorem?

– Jestem Duchem Lasu! – oburzył się.

– A masz jakieś imię?

– Nie – zawstydził się. – Nikt nigdy mnie nie nazwał.

– A jak nazywali cię rodzice?

– Nie mam rodziców – wyjaśnił.

– Każdy musi mieć imię. – Złagodniała. – Nazwiemy cię w takim razie panem Janem.

Duch Lasu podskoczył wesoło. Perspektywa posiadania imienia bardzo go ucieszyła.

– Ja nazywam się Dobrogniewa i jestem księżniczką. Nie możesz mnie porwać. Muszę wyjść za mąż – oświadczyła.

– Możesz poślubić mnie – zaproponował. – Zamieszkamy w mojej jaskini, będziesz się myć w strumieniu, a ja codziennie będę ci przynosił najlepsze jagody i korzenie.

Dobrogniewa nie była jednak zachwycona jego propozycją.

– Panie Janie, nie mogę cię poślubić. Mam już narzeczonego. Poza tym księżniczki nie mogą mieszkać w jaskini.

– Teraz to ja jestem twoim narzeczonym – oświadczył. – A jaskinia to mój dom.

Księżniczka zrozumiała, że nie uda jej się przekonać Ducha Lasu. W oddali, za jego plecami, zobaczyła jeźdźców i poznała swojego narzeczonego. Nie chciała, żeby wojownicy skrzywdzili pana Jana, postanowiła więc skorzystać z podstępu.

– Skoro mam zostać twoją narzeczoną, to musisz mi dać prezent zaręczynowy – powiedziała.

– Co chciałabyś dostać? Mogę ci przynieść pióro z ogona czarnego bociana albo kieł wilka. A może wolałabyś dostać bukiet fioletowych, górskich dzwonków? – zapytał.

– Pragnę czegoś innego. Na tym polu rośnie rzepa. Chciałabym, żebyś w prezencie dla mnie policzył, ile jej tutaj rośnie – odpowiedziała.

Duch Lasu zastrzygł uszami zaskoczony. Po chwili wzruszył jednak ramionami i poszedł na olbrzymie pole rzepy. Zaczął liczyć.

W tym czasie księżniczka pobiegła na spotkanie narzeczonego. Udało jej się przekonać Mieszka, żeby nie robił krzywdy Duchowi. Narzeczony przystał na jej prośby, ponieważ bardzo ją kochał i nie umiał jej odmówić.

Gdy pan Jan spostrzegł, że Dobrogniewa siedzi na koniu narzeczonego, posmutniał. Zrozumiał, że mu uciekła. Księżniczka pomachała Duchowi. Zawstydzony, że dał się oszukać, także ją pozdrowił i schronił się w lesie.

Nie smucił się jednak długo, bo nie leżało to w jego naturze. Nie zrażając się niepowodzeniem, niebawem ruszył na poszukiwania kolejnej narzeczonej. Ale to już inna historia...

Dzięki spotkaniu ze świdnicką księżniczką Duch Lasu otrzymał jeszcze kilka innych imion. Ludzie zaczęli go nazywać Liczyrzepą albo Rzepiórem.

Bełdana

Jest na Mazurach jezioro o nazwie Bełdany. Nie jest to jednak zwykłe jezioro.

Dawno, ale nie tak dawno temu, nad jeziorem w Puszczy Piskiej mieszkał władca lasu o imieniu Borowy. Był dobrym królem, który rządził leśnymi duchami i upirami. Sprawował pieczę nad zwierzętami i pilnował, by każda roślina miała wystarczająco dużo światła do wzrostu.

Borowy mieszkał razem ze swoją rodziną w korzeniach bardzo starego dębu. Nad życie kochał swoją jedyną córkę, zielonooką Danę. Dziewczyna była jeszcze młoda i pełna radości. Każdego dnia dokazywała z leśnymi duchami i tańczyła z rusałkami. Władca lasu pozwalał jej na te beztroskie zabawy, jednak obawiał się, że ktoś mógłby porwać jego piękną córkę. Z tego powodu każdego jej kroku pilnowała stara piastunka.

Opiekunka jednak była już w podeszłym wieku i nie starczało jej sił, by dotrzymywać kroku wychowance.

Sąsiadem Borowego był władca jeziora, książę Wodnik, którego dwór znajdował się na samym jego dnie. Nie przepadali za sobą. Ponieważ ich ziemie ze sobą graniczyły, musieli utrzymywać poprawne stosunki. Poza tym leśne królestwo Borowego żyło za dnia, z kolei podwodny dwór przebudzał się do życia po zmroku. Rzadko więc wchodzili sobie w drogę.

Książę jeziora miał przystojnego syna o imieniu Beł. Młodzieniec był odważny i bardzo zwinny. Umiał przegonić każdą rybę. Potrafił także zmieniać postać. Niczym woda odbijająca twarz patrzącego na jej powierzchnię Beł mógł odbić i stać się na chwilę kimś zupełnie innym. Jedynie jego błękitne oczy nie potrafiły zmienić koloru.

Pewnego ranka Dana podeszła nad brzeg jeziora, by przyglądając się swojemu odbiciu, zapleść długie włosy w warkocz. Gdy jednak pochyliła się, by zajrzeć w błękitną toń, nie zobaczyła swojej twarzy. Pod wodą znajdował się Beł, który chciał po raz ostatni przed snem przyjrzeć się blademu światłu poranka.

Gdy zielone oczy Dany spojrzały w błękitne tęczówki Beła, oboje bardzo się przestraszyli i uciekli. Beł zanurkował w najciemniejszy zakamarek jeziora, a Dana z rozwianym włosem schroniła się w ramionach piastunki.

– Co się stało, moja kochana Dano? – zapytała zmartwiona opiekunka.

– Nic, babciu, nic. Zlękłam się młodej kijanki – odparła szybko. – Zapleciesz mi włosy, babciu? Ja już chyba nie mam ochoty przeglądać się w wodzie jeziora.

Dana skłamała. Za każdym razem, gdy zamykała oczy, widziała błękitne spojrzenie książęcego syna. Przez cały dzień zerkała tęsknie na taflę jeziora, chcąc do niego podejść i zajrzeć w tajemniczą toń. Nie mogła zapomnieć błękitnych oczu księcia.

Beł nie mógł tego dnia zasnąć. Potrafił myśleć tylko o pięknej twarzy Dany. Zastanawiał się, kim jest ta dziewczyna. Następnego ranka czekał pod powierzchnią wody, ale ona nie przyszła. Tak samo przez kolejne dni.

Zrozpaczony chciał opuścić wody jeziora i w świetle dnia wkroczyć do krainy Borowego, chociaż to skończyłoby się dla niego śmiercią. Gdy już miał to zrobić, nad brzegiem pojawiła się postać leśnego duszka. Beł przyjrzał mu się dokładnie i odbił jego postać.

Udając mieszkańca leśnego królestwa, wkroczył między drzewa. Pilnował się, by wbijać spojrzenie w ziemię, bo w każdej chwili mogły go zdradzić jego piękne błękitne tęczówki. Po chwili zobaczył Danę. Dziewczyna nie tańczyła z rusałkami. Siedziała wśród krzewów jagód i wzdychała smutno, plotąc wianek z leśnych kwiatów.

Beł podszedł do niej i ukłonił się nisko.

– Witaj, piękna dziewczyno! – powiedział.

– Witaj. Zwiesz mnie dziewczyną? Kim jesteś, że nie znasz mojego imienia i nie wiesz, czyją jestem córką? – zdziwiła się.

Gdy uniósł głowę i przeszył ją błękitnym spojrzeniem, zrozumiała od razu.

– Jestem Beł, syn księcia Wodnika – przedstawił się. – Nie wiem, jak ciebie zwą, bo nie mieszkam w twoim królestwie. Jednak zrobię wszystko, byś mi zdradziła swoje imię. Jeśli zażądasz, podaruję ci Księżyc i Słońce odbite w mym jeziorze.

– Ja jestem Dana, córka króla Borowego – odparła oczarowana. – Nie musisz mi dawać prezentów. Opowiedz mi tylko o swoim domu.

Młodzi rozmawiali ze sobą cały dzień. Wieczorem Beł umknął do swojego świata, ale wcześniej zdobył przyrzeczenie Dany, że ta następnego ranka będzie na niego czekać w pobliżu jeziora.

Przez kolejne dni spotykali się ukradkiem, by choć przez chwilę popatrzeć w swoje oczy. Jednak pewnego razu przyłapała ich piastunka dziewczyny.

– Babciu! Babciu kochana, nie wołaj strażników! – poprosiła ją Dana. – Skrzywdzą Beła i nie pozwolą nam już nigdy się zobaczyć.

– Twój ojciec zabiłby go od razu, a ciebie zamknął w dębie na wieki – oświadczyła zmartwiona. – Nie możecie się spotykać, nie pozwalam wam. Obiecajcie mi, że już nigdy na siebie nie spojrzycie, a ja niczego nie zdradzę twojemu ojcu.

– Obiecujemy – skłamali.

Mijały kolejne miesiące. Beł i Dana wciąż spotykali się ukradkiem, jednak musieli jeszcze bardziej starać się, by nikt ich nie nakrył. Piastunka czujnie obserwowała swoją podopieczną i jedynie podczas jej popołudniowej drzemki dziewczyna mogła wymknąć się nad jezioro.

Jednak pewnego dnia zazdrosny o względy Dany młody leśny duszek zobaczył, jak ta rozmawia z nieznanym mu mężczyzną, i spojrzał mu w oczy. Od razu poznał błękit tęczówek mieszkańców jeziora. Zawołał straże. Nad jezioro przybył zaalarmowany Borowy.

Młodzi złapali się za ręce i stanęli na plaży tuż obok brzegu jeziora.

– Zabierzcie moją córkę! – zawołał Borowy. – Zabijcie go!

– Nie! – zaprotestowała i objęła Beła, który przyjął prawdziwą postać. – Kocham go nad życie!

– Zostań więc moją żoną – oświadczył Beł.

– Zostanę – odpowiedziała i pocałowała go.

Wody jeziora rozstąpiły się i młodzi wkroczyli w jego toń. Dana już nigdy więcej nie pojawiła się na brzegu.

Król Borowy nie mógł wybaczyć piastunce, że ta zawiodła jego zaufanie. Winił ją, że nie powiedziała mu o rodzącym się między tą dwójką uczuciu. Wygnał staruszkę, która do dzisiaj przychodzi nad jezioro i woła:

– Beł... Dana... Beł... Dana...!

Królowa Jurata –

fragment powieści Przesilenie

Gdy bogowie byli jeszcze młodzi, świat wyglądał zupełnie inaczej. Ludzie dopiero uczyli się modlitw. Szanowali przyrodę i swoich stwórców. Cały świat żył w tym samym rytmie, według tych samych zasad.

Ludzie szczególnie wielbili Mokosz, która ich karmiła, więc była według nich najważniejsza. Każdy człowiek znał swoje miejsce i wiedział, jak ma wyglądać jego przyszłość, na co pozwalają mu bogowie. Rodzanice dbały o to, by każda dola wiedziała, jak pokierować życiem swojego właściciela.

Lasy były pełne dzikiej zwierzyny, niebo kolorowego ptactwa, a wody błyszczących ryb. Świat był przepięknym miejscem.

W tamtych spokojnych czasach narodziła się Jurata. Została zrodzona z księżycowego blasku, który pokochał słone, morskie fale. Pewnego ranka, gdy Chors zanurzył się w wodach Bałtyku, pojawiła się ona, boginka o granatowych oczach. Nikt nie był równie miły i dobry jak ona. Jej spokojne oblicze spoglądało z miłością na cały świat. Jednak miała także krnąbrną i gwałtowną duszę szalejącego morza. Potrafiła wpaść w straszny gniew w jednej chwili.

Mało kto już o tym pamięta, lecz była nie tylko mądra, ale także niezwykle urodziwa. Miała skórę białą jak srebrne światło miesiąca, a oczy granatowe niczym najciemniejsza głębina Bałtyku.

Bogowie oczarowani jej cnotami dali jej bursztynowy pałac, w którym zasiadła na tronie. Miała strzec morza, rozkazywać falom i chronić żyjące w wodzie istoty. Panowała także nad słoną wodą, pilnując, by ludzkie statki dopływały do celu, oraz dbała o to, by ten, kto umie łowić, miał dostęp do morskich bogactw.

W pracy pomagały jej wodne boginki, syreny, które miały zamiast nóg rybie lub focze ogony, oraz jadzierki, piękne kobiety o pełnych kształtach. Wśród swoich sług miała także wodników oraz straszną istotę zwaną szalińć.

Był to potwór morski zdolny swoimi harcami do rozpętania najstraszniejszego sztormu. Słuchał tylko jej, ale był na tyle szalony, że musiała przywiązywać go do morskiego dna, gdy opuszczała pałac, by nie wyrwał się na wolność.

Mijały lata. Jurata panowała nad Bałtykiem, wykonując dokładnie wszystkie rozkazy bogów. Towarzystwa dotrzymywały jej boginki, ona jednak z dnia na dzień stawała się coraz mniej radosna, aż pewnego dnia uśmiech zniknął z jej twarzy na zawsze.

By nie czuła się samotna w swoim bursztynowym pałacu, bogowie ulepili z gliny i morskiego piasku mężczyznę o imieniu Gosk. Dali mu wóz, który ciągnęły morskie rumaki, by mógł ją odwiedzać na dnie Bałtyku. Od razu wysłali go do bursztynowego pałacu, by przypodobał się Juracie i przywołał uśmiech na jej urodziwą twarz.

Jednak Jurata nie pokochała Goska, który był dumny i zarozumiały. Nie podobało jej się, że bawiło go topienie rybaków i plątanie ich sieci. Mimo to nie przepędziła go ze swojego pałacu. Bogowie chcieli, by zamieszkał z nią na morskim dnie, więc zamierzała spełnić ich życzenie.

Pewnego dnia do pałacu Juraty przypłynęły przerażone jadzierki. Były niezwykle wzburzone. Nie mogły przestać płakać.

– Co się stało? – zapytała Jurata, schodząc z bursztynowego tronu.

– Młody rybak łowi przy brzegu – powiedziała najodważniejsza z boginek. – Każdego dnia łowi więcej ryb, niż jest w stanie sam zjeść. Sprzedaje je innym ludziom.

Królowa Bałtyku zdenerwowała się. Ludziom nie wolno było łowić więcej morskich stworzeń, niż sami byli w stanie zjeść. Takie były zasady panujące na świecie. By ukarać rybaka, spuściła w nocy ze smyczy szalińcia, który wzburzył morze i zniszczył rybackie sieci.

Jednak człowiek naprawił je i kilka dni później znowu łowił.

– Tak się nie godzi! Prosimy cię, Jurato, zrób coś! – lamentowały boginki. – Bogowie zezwolili na łowienie ryb, naszych przyjaciół, ale nie na to, by je sprzedawali! Kto nie umie łowić, ten nie powinien jeść morskich stworzeń.

Jurata po raz kolejny spuściła ze smyczy szalińcia, który ponownie porwał sieci młodego rybaka. Mężczyzna jednak się nie poddał. Znowu naprawił splątane i pozrywane sznurki, a następnie wybrał się na łów.

Tej zniewagi królowa nie mogła już znieść. Nakazała wodnikom, by przygotowali jej bursztynową łódź i zaprzęgli do niej wodne rumaki.

Kolejnego dnia wypłynęła na poszukiwanie śmiałka. Dostrzegła go nad brzegiem morza. Mężczyzna był wysoki i przystojny. Nie przeląkł się pięknej pani ubranej w suknię z bursztynowych płytek, z koroną na czole. Nie pokłonił się jej, ale podał dłoń, gdy wysiadała z łodzi.

Nie zdążyli się nawet do siebie odezwać. Dola Juraty i dola młodego rybaka splotły swoje nici, gdy tylko ich dłonie się zetknęły. Zakochali się w sobie bez pamięci, nie bacząc na bogów.

Od tamtej pory królowa każdej nocy porzucała służbę morskim falom i wypływała na brzeg, by spotkać się z rybakiem.

On przestał łowić, bo nie chciał już krzywdzić jej poddanych. Niestety, Jurata zaczęła zaniedbywać wody Bałtyku. Boginki i wodnicy tęsknili za nią, ale pilnowali sekretu swojej pani.

Jedynie Gosk nie mógł jej wybaczyć. Był zazdrosny o człowieka, który skradł mu królową. Wezwał bogów, by pomścili jego krzywdę. Ci jednak odpowiedzieli mu, że nie mogą zmienić doli królowej i nie potrafią zmusić jej, by przestała kochać.

Wtedy chłopak postanowił się zemścić. Jego serce stało się ciemne i zimne jak morskie głębiny. Pewnej nocy, gdy Jurata uciekła na brzeg, by spotkać swojego kochanka, Gosk zakradł się do piwnic jej pałacu. Wyrwał łuskę z ogona potwora morskiego i zerwał łańcuch, który go wiązał z dnem.

Zaślepiony ogromnym bólem szalińć rozpętał najstraszniejszy sztorm, jaki do tej pory widział świat. Bałtyk wylewał się ze swoich brzegów. Usiłował pochwycić w fale księżyc i utopić boga. Ryby i wszelkie inne morskie stworzenia zostały wyrzucone na brzeg na pewną śmierć.

Jurata spędzająca noc z ukochanym nie zauważyła, że stało się coś złego.

Nad ranem do małej chaty nad morskim brzegiem zawitali bogowie. Złość wykrzywiała ich oblicza. Nie mogli zrozumieć, dlaczego Jurata tak haniebnie zaniedbała swoje obowiązki. Z jej winy zginęło wiele morskich istot.

Młody rybak zasłonił ukochaną. Wyciągnął sztylet w stronę bogów. Obrażeni śmiałością człowieka bogowie nie okazali mu łaski. Świętowit zamienił śmiałka w piasek.

Jurata rzuciła mu się na pomoc. Usiłowała złapać mężczyznę, jednak on przesypał jej się przez palce. Został po nim tylko sztylet.

– Czemu to zrobiliście? Czyż nie służyłam wam wiernie przez te lata?! – zawołała, szlochając.

– Nie zwolniliśmy cię ze służby. Dla człowieka porzuciłaś Bałtyk i istoty, które powierzono twojej opiece. Od tej pory nie opuścisz swojego pałacu i nie zaniedbasz więcej obowiązków – oznajmili jej twardo.

Przenieśli ją na dno Bałtyku, do bursztynowego pałacu. Tam przykuli ją łańcuchem do tronu. Przepędzili morskie boginki, do towarzystwa zostawili jej jedynie potwora morskiego przykutego jak ona.

Od tamtej pory Jurata mieszka samotnie na dnie morza. Codziennie płacze za miłością swojego życia, a jej łzy pod postacią bursztynów są wyrzucane na brzeg.

Wężowy król

Dawno, dawno temu w dalekich górach, na samym krańcu naszego kraju, gdzie Beskidy łączą się z niebem, żyła uboga kobieta, wdowa po niegdyś bogatym gospodarzu. Wychowywała samotnie dwie córki, Zochę i Marynę, oraz pasierbicę, młodziutką Helę.

W zapuszczonym gospodarstwie się nie przelewało. Wdowa nie miała ręki do uprawy roślin ani do hodowli zwierząt. Po śmierci gospodarza domostwo zaczęło przypominać ruinę, a obejście zarosło pokrzywami i perzem. Mimo to wdowa i jej córki nie przestawały kupować nowych sukien oraz rozmaitych smakołyków. Jedynie Hela odmawiała zbytków i za wszelką cenę chciała ratować ojcowiznę.

Pewnego dnia, gdy po wyjątkowo srogiej zimie nadeszła ciepła wiosna, dziewczęta poszły nad staw, by się wykąpać. Zdjęły koszule oraz spódnice i położyły je pod drewnianym płotem. Następnie pobiegły do wody. Kiedy już się wykąpały, roześmiane wróciły po swoje ubrania.

Niespodziewanie na koszuli Heli znalazły wielkiego węża. Leżał ciasno zwinięty i posykiwał cicho. Na głowie miał koronę pełną błyszczących brylantów i pereł. Dziewczęta przelękły się, ale nie mogły uciec do domu, gdyż były nagie.

Zocha i Maryna zaczęły płakać. Hela złapała ułamaną gałąź i stuknęła nią lekko w bok węża. Gad otworzył oczy i uniósł głowę.

– Witajcie – powiedział ludzkim głosem.

Tego było za wiele dla Zochy i Maryny. Nie chciały rozmawiać z wężem, nawet tak niezwykłym, bo noszącym na głowie koronę. Porwały leżące obok ubrania i uciekły w stronę wsi. Jedynie Hela nie mogła uciec, gdyż wąż wciąż leżał na jej koszuli.

– Witaj – odpowiedziała odważnie.

Wąż uniósł się jeszcze wyżej i zaczął rosnąć. Po chwili był już wielkości dużego psa, ale wciąż rósł. Przestraszona Hela zaczęła się wycofywać w stronę jeziora. Nie wiedziała, co ma robić.

– Nie bój się, nie zrobię ci krzywdy – usiłował ją uspokoić.

– Czego ode mnie chcesz? – zapytała.

Zasyczał i przekrzywił głowę. Był już wielkości dużego konia. Zaczął sunąć w stronę dziewczyny. Zanurzył się w wodzie, ale utrzymywał swój łeb na wysokości twarzy Heli. Nie mogła odwrócić wzroku od jego żółtych ślepi z pionową kreską źrenicy.

– Powiedz mi najpierw, czy się mnie boisz – zażądał.

Hela objęła się ramionami, by zakryć swoją nagość.

– Trochę – przyznała. – Chcesz mnie zjeść?

– Nie zrobię ci krzywdy, już mówiłem. Mogę dać ci bogactwo i szczęście – zaproponował.

– Nie potrzebuję bogactwa i szczęścia. Już je mam – oświadczyła, bojąc się jakiegoś podstępu.

– Spałem na twojej koszuli, więc wiem, że materiał jest wypłowiały od słońca i połatany. Patrzę na twoje ciało i widzę, jak bardzo jesteś wychudzona. Twoje dłonie są pełne odcisków i ran, musisz ciężko pracować. Widzę twoje spojrzenie i malujący się w nim smutek. Nie kłam, że bogactwo i szczęście nie są ci potrzebne. Ubrania twoich sióstr tak nie wyglądały. Dłonie twoich sióstr także nie znały pracy. A ich sylwetki nie pamiętały już pustego brzucha.

Hela nie wiedziała, co ma odpowiedzieć. Spuściła tylko oczy i pokiwała głową.

– Zostań moją żoną, a zapewnię ci bogactwo i szczęście – powiedział.

Dziewczyna spojrzała w jego żółte ślepia.

– Obiecaj, że mnie nie skrzywdzisz, a ja obiecam być dobrą żoną – odparła.

– Obiecuję. Niebawem przyślę po ciebie moje sługi.

Gdy tylko to powiedział, plusnął w wodę i zniknął. Dziewczyna ubrała się szybko i pobiegła do domu, by opowiedzieć matce i siostrom o dziwnej rozmowie oraz o obietnicy węża. Gdy tylko wdowa usłyszała o bogactwach, na jej twarzy pojawił się szeroki uśmiech. W głowie zrodził się jej plan, by to jedną ze swoich córek wydać majętnie za mąż, a nie pasierbicę. Podstępnie zwabiła Helę do obórki i zaryglowała drzwi, głucha na protesty dziewczyny.

Następnego dnia pod zrujnowaną chatę podjechała złota kareta, zaprzężona w cztery czarne jak noc rumaki. Na koźle siedział lokaj z wężową głową.

Zawołał:

– Przyjechałem po żonę dla króla węży! Matko, oddaj swoją córkę!

Kobieta szybko ubrała swoją najstarszą córkę, Zochę, w najpiękniejszą sukienkę, jaką ta miała. Na szyi powiesiła jej czerwone korale. Dziewczyna była zapłakana, bo nie chciała zostać żoną węża.

– Córko, będziesz mi przywozić jego pieniądze i klejnoty! – rozkazała matka, wplatając jej we włosy wstążki.

Hela siedziała zamknięta w obórce i obserwowała tylko wszystko przez szparę pomiędzy deskami.

Zapłakana Zocha wsiadła do karety i odjechała. Jednak nie minęła nawet godzina, gdy kareta ponownie zajechała do obejścia. Szczęśliwa Zocha wysiadła i podeszła do matki.

– Czemu wróciłaś?! – zapytała wdowa.

– Nie chciał mnie, ale dał mi sto złotych monet.

Matka zawołała szybko Marynę i powiesiła jej na szyi korale Zochy. Wepchnęła córkę do karocy. Jednak i ta, po niespełna półgodzinie, wróciła.

– Czemu i ty wróciłaś? – zapytała wdowa.

– Nie chciał mnie, ale także dał mi sto złotych monet.

Matka zrozumiała, że nie uda jej się oszukać wężowego króla. Uwolniła Helę i nie dając jej korali ani nie plotąc jej warkoczy, wsadziła pasierbicę do karety.

– Tylko przywieź mi jego złoto i klejnoty! – krzyknęła jeszcze za oddalającą się karocą.

Karoca jechała w stronę stawu, w którym wcześniej kąpały się dziewczęta. Hela obserwowała przez szklane okno, jak konie wciągają pojazd pod wodę. Nagle przed karocą pojawiły się wielkie żelazne drzwi. Otworzyły się i wjechali do środka. Było tam jasno jak w dzień, a w oddali stał przepiękny pałac, którego wieże błyszczały niczym korona króla węży.

Hela wysiadła z karocy i weszła do pałacu. Wszędzie kręciło się mnóstwo służby w najpyszniejszych liberiach. Niektórzy pełzali także po podłodze pałacu pod postacią węży. Hela wkroczyła do sali tronowej i podeszła do dwóch identycznych tronów stojących na podwyższeniu. Na jednym z nich siedział wysoki, dobrze zbudowany mężczyzna o wężowej twarzy i żółtych ślepiach z pionową źrenicą. Na jego głowie spoczywała korona ozdobiona perłami i brylantami.

– Witaj. Zasiądź obok mnie. Zaraz odbędą się nasze zaślubiny, ale najpierw musisz nabrać sił po podróży! – Wskazał jej dłonią pusty tron.

Służba znosiła kolejne potrawy oraz napitki. Po wieczerzy służące przebrały Helę w piękną suknię ślubną. Wężowy król pojął dziewczynę za żonę przy świetle księżyca.

Kolejne dni, miesiące i lata mijały Heli na wesołej zabawie. Wężowy król okazał się miłym i dobrym władcą, kochanym przez swoich poddanych. Heli nie przeszkadzała jego wężowa twarz, ona także pokochała władcę i urodziła mu syna o wężowej twarzy, który miał przejąć po nim tron.

Gdy jednak minęło siedem lat, Hela zatęskniła za domem. Macocha i jej córki nie były nigdy dla niej miłe, ale je kochała. Chciała ponownie zobaczyć ojcowiznę i przedstawić matce wnuka.

– Jedź – zgodził się wężowy król. – Ale pamiętaj, że wolno ci tam być tylko przez noc i zanim słońce pokaże się na niebie, musisz wrócić do pałacu.

– Dobrze.

Kiedy zapadł zmrok, Hela wsiadła do karety razem ze swoim synem i pojechali do gospodarstwa. Chata miała dziurawy dach, w obejściu nie było żadnego żywego zwierzęcia. Pola uprawne zamieniły się w porośnięte chaszczami nieużytki. Wdowa i jej córki wciąż mieszkały w chałupie. Złotych monet, podarowanych przez króla węży, nie starczyło im na długo.

– Zapomniałaś o nas! – oskarżyła pasierbicę matka. – Miałaś przywieźć nam złoto i klejnoty, a ty przywiozłaś ze sobą potwora.

– Potwór! – zawtórowały jej Zocha i Maryna, patrząc zazdrośnie na piękną suknię Heli.

Hela zapłakała, gdy zrozumiała, że matka i siostry nigdy jej nie kochały. Oddała im kufer z monetami, wszystkie naszyjniki, które miała na szyi, a nawet złotą koronę, jednak im wciąż było mało.

– Jedźmy do domu – poprosił ją syn.

Wsiedli razem do karety i nie odwracając się za siebie, pojechali w stronę stawu. A Hela zrozumiała, że jej dom jest tam, gdzie są ludzie, którzy ją kochają.

Puszczyk i mysz

Dawno, dawno temu w lasach na Podlasiu, tuż obok granicy z Litwą, na polowanie wybrał się młody książę, Olgiert. Był niezwykle przystojnym i odważnym mężczyzną. Wybrał się samotnie na polowanie, chcąc odpocząć w pięknych lasach od dworskich intryg. Zabrał ze sobą tylko drewnianą pikę i swojego czarnego rumaka.

Przemierzał lasy od wielu dni i nocy, jednak upragniona zwierzyna – biały jeleń – wciąż mu umykała. W końcu się poddał. Musiał wracać do swojego księstwa. Ostatniej nocy rozbił obozowisko nad rzeką Łutownią. Już miał się kłaść spać, gdy po drugiej stronie rzeczki dostrzegł piękną dziewczynę.

Dziewczyna zrzuciła z siebie prostą białą sukienkę i nagusieńka weszła do chłodnej wody Łotowni. Skrząca w świetle księżyca woda obmywała jej zgrabne ciało, gdy rozczesywała długie włosy. Nie zauważyła księcia, który zamarł skryty wśród rosnących nad brzegiem lip.

Mężczyzna wyszedł z ukrycia i stanął na brzegu. Dziewczyna pisnęła i zakryła swoją nagość blond lokami.

– Jesteś rusałką? – zapytał Olgiert. – Ostrzegano mnie, że te lasy pełne są niezwykłych istot i potworów.

– Nie jestem rusałką! – oburzyła się. – Poza tym rusałki nie są potworami. To bardzo sympatyczne boginki.

– Mówisz, jakbyś je znała.

– Może znam. Odwróć się, żebym mogła się ubrać – rozkazała mu.

Posłusznie odwrócił się, ale pilnie nasłuchiwał, czy dziewczyna aby nie chce uciec. Nagle poczuł pomiędzy swoimi łopatkami ostrze noża.

– Kim jesteś? – wycedziła.

– Mogę się odwrócić? – zapytał, unosząc do góry ręce, by pokazać jej, że nie ma złych zamiarów.

– Możesz.

Nacisk ostrza zelżał, więc mężczyzna powoli się odwrócił. Mierząca do niego dziewczyna wciąż była naga, ale wydawała się już tego nie wstydzić.

– Kim jesteś? I co tu robisz? – Oparła ostrze o jego pierś. Poczuł, jak po skórze, pod cienką koszulą, płynie kropla krwi.

– Jestem księciem. Zwą mnie Olgiert. Przybyłem do tych lasów, by polować na białego jelenia. A ty? Kim jesteś? I co robisz sama w głębi lasu?

– Nazywam się Sława. Jestem uczennicą zielarki, dlatego mieszkam w lesie.

– Sławo, czy rzuciłaś na mnie czar?

Dziewczyna zamrugała zaskoczona.

– Czar?

– Miłosny. Ponieważ czuję, że nie mogę wrócić do swojego królestwa. A na pewno nie sam.

Sława zaśmiała się i opuściła nóż.

– Porzuć nadzieję na złapanie jelenia. Jest duchem lasu. Nie możesz go upolować. Książątko, wracaj lepiej do swojego zamku.

– Nie bez ciebie.

Wskoczyła do rzeki i szybko przedostała się na drugą stronę. Złapała swoją sukienkę.

– Nie uciekaj! – zawołał za nią.

– Muszę wracać, bo inaczej moja nauczycielka się zezłości – oświadczyła. – Jest bardzo surowa.

– Ucieknij ze mną.

Sława pobladła.

– Nie mogę. Sprzedano mnie zielarce, gdy byłam dzieckiem. Nie mogę odejść. Należę do niej – oznajmiła.

– W takim razie cię odkupię! – Olgiert gorączkowo usiłował ją przekonać.

– Nie zbliżaj się do Szebory, bo zamieni cię w żabę, a potem cię zje – ostrzegła go. – To wiedźma.

– Nie boję się jej.

– W takim razie głupiś. – Odwróciła się na pięcie i pobiegła w las.

– Wróć jutro wieczorem w to samo miejsce! – zawołał za nią jeszcze.

Od tamtej pory Sława codziennie przychodziła wieczorem nad strumień. Książę litewski znosił jej podarki w postaci upolowanej zwierzyny. Dziewczyna mówiła zielarce, że sama upolowała zające i bażanty. Jednak Szebora zaczęła coś podejrzewać.

Pewnego wieczoru zakradła się za Sławą i zobaczyła księcia. Poczuła złość i zawiść z powodu młodego ciała swojej uczennicy. Postanowiła, że rozkocha w sobie litewskiego księcia i zostanie panią jego zamku. Jednak by to osiągnąć, musiała najpierw zmienić się w młodą dziewczynę, sama bowiem była starą, garbatą kobietą o wyłysiałej głowie.

Przygotowała odpowiedni napar i kolejnego wieczoru zamknęła Sławę w chacie.

– Dzisiaj nie idziesz na polowanie – oświadczyła jej. – Sama pójdę.

Sława wiedziała, że dla własnego dobra nie powinna dyskutować z rozkazem nauczycielki. Ze łzami w oczach i rozpaczą w sercu pozostała w chatce. Obawiała się, że Szebora będzie chciała skrzywdzić jej księcia.

Wiedźma wypiła przygotowany przez siebie napar i przemieniła się w młodziutką kobietę. Na jej głowie odrosła długa grzywa włosów. Niestety, zaklęcie nie udało się całkowicie, pozostały bowiem siwe. Niezniechęcona tym wiedźma zrzuciła ubranie staruszki i naga ruszyła nad brzeg Łutowni. Tam niemalże od razu spostrzegł ją Olgiert.

Szebora zaczęła śpiewać i przechadzać się po wodzie. Kusiła księcia i wabiła go swoim głosem. Jednak on odwrócił się do niej plecami i odszedł w las. Mimo to wiedźma się nie poddała. Każdego wieczoru szła nad rzekę, by rozkochać w sobie księcia. Ten jednak wciąż pozostawał odporny na jej wdzięki.

– Kocham inną – wyznał w końcu. – Odejdź ode mnie.

Wiedźma zdenerwowała się. Napar, który wypiła, przestał działać. Jej ciało szybko zaczęło się starzeć. Przestraszony książę złapał za swoją pikę i zamierzył się na zielarkę.

– Co zrobiłaś ze Sławą?! – zawołał. – Co jej zrobiłaś?!

– Taki jesteś odważny, że boisz się staruszki – zarechotała stara. – Od tej pory będziesz się bał wszystkich!

Wypowiedziała pod nosem zaklęcie. Książę zamachnął się piką, ale zanim ostrze dosięgło jej serca, zamienił się w mysz. Rozgniewana Szebora wróciła do swojej chaty i otworzyła drzwi skrytki, w której zamknęła wcześniej Sławę.

– Twój odważny książę, który chciał z tobą uciec, od tej pory zawsze będzie uciekał, zamknięty w ciele myszy.

– Nie! – zapłakała.

– Ty przez to, że mnie okłamywałaś, nie zasługujesz więcej na naukę. Bądźcie oboje przeklęci. Moja klątwa przestanie działać w chwili, gdy przez sto lat żaden człowiek nie wytnie ani jednego drzewa w puszczy.

Zazdrosna Szebora wypowiedziała zaklęcie i przemieniła Sławę w puszczyka.

Od tej pory puszczyk, zanim zaatakuje mysz albo nornicę, ostrzega ją najpierw pohukiwaniem, by niechcący nie skrzywdzić swojego ukochanego księcia. Do dzisiaj są zaczarowani, nie było bowiem jeszcze roku, by ktoś nie ściął drzewa z Białowieży.

Ale zakochani ciągle czekają.

2018

Styczeń

pon.	wt.	śr.	czw.	pt.	sob.	niedz.
1	2	3	4	5	6	7
8	9	10	11	12	13	14
15	16	17	18	19	20	21
22	23	24	25	26	27	28
29	30	31				

Luty

pon.	wt.	śr.	czw.	pt.	sob.	niedz.
			1	2	3	4
5	6	7	8	9	10	11
12	13	14	15	16	17	18
19	20	21	22	23	24	25
26	27	28				

Marzec

pon.	wt.	śr.	czw.	pt.	sob.	niedz.
			1	2	3	4
5	6	7	8	9	10	11
12	13	14	15	16	17	18
19	20	21	22	23	24	25
26	27	28	29	30	31	

Kwiecień

pon.	wt.	śr.	czw.	pt.	sob.	niedz.
						1
2	3	4	5	6	7	8
9	10	11	12	13	14	15
16	17	18	19	20	21	22
23	24	25	26	27	28	29
30						

Maj

pon.	wt.	śr.	czw.	pt.	sob.	niedz.
	1	2	3	4	5	6
7	8	9	10	11	12	13
14	15	16	17	18	19	20
21	22	23	24	25	26	27
28	29	30	31			

Czerwiec

pon.	wt.	śr.	czw.	pt.	sob.	niedz.
				1	2	3
4	5	6	7	8	9	10
11	12	13	14	15	16	17
18	19	20	21	22	23	24
25	26	27	28	29	30	

Święta 2018

1 stycznia	Nowy Rok
6 stycznia	Trzech Króli
1 kwietnia	Wielkanoc
2 kwietnia	Poniedziałek Wielkanocny
1 maja	Święto Pracy
3 maja	Święto Konstytucji 3 Maja
20 maja	ZieloneŚwiątki
31 maja	Boże Ciało

Lipiec

pon.	wt.	śr.	czw.	pt.	sob.	niedz.
						1
2	3	4	5	6	7	8
9	10	11	12	13	14	15
16	17	18	19	20	21	22
23	24	25	26	27	28	29
30	31					

Sierpień

pon.	wt.	śr.	czw.	pt.	sob.	niedz.
		1	2	3	4	5
6	7	8	9	10	11	12
13	14	15	16	17	18	19
20	21	22	23	24	25	26
27	28	29	30	31		

Wrzesień

pon.	wt.	śr.	czw.	pt.	sob.	niedz.
					1	2
3	4	5	6	7	8	9
10	11	12	13	14	15	16
17	18	19	20	21	22	23
24	25	26	27	28	29	30

Październik

pon.	wt.	śr.	czw.	pt.	sob.	niedz.
1	2	3	4	5	6	7
8	9	10	11	12	13	14
15	16	17	18	19	20	21
22	23	24	25	26	27	28
29	30	31				

Listopad

pon.	wt.	śr.	czw.	pt.	sob.	niedz.
			1	2	3	4
5	6	7	8	9	10	11
12	13	14	15	16	17	18
19	20	21	22	23	24	25
26	27	28	29	30		

Grudzień

pon.	wt.	śr.	czw.	pt.	sob.	niedz.
					1	2
3	4	5	6	7	8	9
10	11	12	13	14	15	16
17	18	19	20	21	22	23
24	25	26	27	28	29	30
31						

15 sierpnia	Wniebowzięcie Najświętszej Maryi Panny
1 listopada	Wszystkich Świętych
11 listopada	Święto Niepodległości
25 grudnia	pierwszy dzień świąt Bożego Narodzenia
26 grudnia	drugi dzień świąt Bożego Narodzenia

2019

Styczeń

pon.	wt.	śr.	czw.	pt.	sob.	niedz.
	1	2	3	4	5	6
7	8	9	10	11	12	13
14	15	16	17	18	19	20
21	22	23	24	25	26	27
28	29	30	31			

Luty

pon.	wt.	śr.	czw.	pt.	sob.	niedz.
				1	2	3
4	5	6	7	8	9	10
11	12	13	14	15	16	17
18	19	20	21	22	23	24
25	26	27	28			

Marzec

pon.	wt.	śr.	czw.	pt.	sob.	niedz.
				1	2	3
4	5	6	7	8	9	10
11	12	13	14	15	16	17
18	19	20	21	22	23	24
25	26	27	28	29	30	31

Kwiecień

pon.	wt.	śr.	czw.	pt.	sob.	niedz.
1	2	3	4	5	6	7
8	9	10	11	12	13	14
15	16	17	18	19	20	21
22	23	24	25	26	27	28
29	30					

Maj

pon.	wt.	śr.	czw.	pt.	sob.	niedz.
		1	2	3	4	5
6	7	8	9	10	11	12
13	14	15	16	17	18	19
20	21	22	23	24	25	26
27	28	29	30	31		

Czerwiec

pon.	wt.	śr.	czw.	pt.	sob.	niedz.
					1	2
3	4	5	6	7	8	9
10	11	12	13	14	15	16
17	18	19	20	21	22	23
24	25	26	27	28	29	30

Święta 2019

1 stycznia	Nowy Rok
6 stycznia	Trzech Króli
21 kwietnia	Wielkanoc
22 kwietnia	Poniedziałek Wielkanocny
1 maja	Święto Pracy
3 maja	Święto Konstytucji 3 Maja
9 czerwca	Zielone Świątki
20 czerwca	Boże Ciało

Lipiec

pon.	wt.	śr.	czw.	pt.	sob.	niedz.
1	2	3	4	5	6	7
8	9	10	11	12	13	14
15	16	17	18	19	20	21
22	23	24	25	26	27	28
29	30	31				

Sierpień

pon.	wt.	śr.	czw.	pt.	sob.	niedz.
			1	2	3	4
5	6	7	8	9	10	11
12	13	14	15	16	17	18
19	20	21	22	23	24	25
26	27	28	29	30	31	

Wrzesień

pon.	wt.	śr.	czw.	pt.	sob.	niedz.
						1
2	3	4	5	6	7	8
9	10	11	12	13	14	15
16	17	18	19	20	21	22
23	24	25	26	27	28	29
30						

Październik

pon.	wt.	śr.	czw.	pt.	sob.	niedz.
	1	2	3	4	5	6
7	8	9	10	11	12	13
14	15	16	17	18	19	20
21	22	23	24	25	26	27
28	29	30	31			

Listopad

pon.	wt.	śr.	czw.	pt.	sob.	niedz.
				1	2	3
4	5	6	7	8	9	10
11	12	13	14	15	16	17
18	19	20	21	22	23	24
25	26	27	28	29	30	

Grudzień

pon.	wt.	śr.	czw.	pt.	sob.	niedz.
						1
2	3	4	5	6	7	8
9	10	11	12	13	14	15
16	17	18	19	20	21	22
23	24	25	26	27	28	29

15 sierpnia	Wniebowzięcie Najświętszej Maryi Panny
1 listopada	Wszystkich Świętych
11 listopada	Święto Niepodległości
25 grudnia	pierwszy dzień świąt Bożego Narodzenia
26 grudnia	drugi dzień świąt Bożego Narodzenia

Adresy/Telefony

ABCD

EFGH

IJK

LŁM

NOÓ

PRSŚ

TUVW

XYZ

Bibliografia

- Aleksander Gieysztor, *Mitologia Słowian*, Wydawnictwo Uniwersytetu Warszawskiego, Warszawa 2006
- Zdeněk Váňa, *Świat dawnych Słowian*, Artia Interpress, 1985
- ks. Władysław Siarkowski, *Materiały do etnografii ludu polskiego z okolic Kielc*, prace Instytutu Historii Wyższej Szkoły Pedagogicznej w Kielcach, Kielce 2000
- Zdzisław Skrok, *Słowiańska moc*, Iskry, Warszawa 2006
- Paweł Zych i Witold Vargas, *Bestiariusz słowiański część 1 oraz część 2*, Bosz, Olszanica 2014
- *Na początku było drzewo*, praca zbiorowa pod redakcją Roberta Macieja, Baobab, Warszawa 2011
- Aleksander Ożarowski, Wacław Jaroniewski, *Rośliny lecznicze i ich praktyczne zastosowanie*, Instytut Wydawniczy Związków Zawodowych, Warszawa 1987
- Magdalena Gorzkowska, *Zioła, jak zbierać, przetwarzać, stosować*, Bosz, Olszanica 2017

- *Zbiór wiadomości do antropologii krajowej* tomy: 1, 4, 5, 6, 8, 9, 17, wydane staraniem Komisyi Antropologicznej Akademii Umiejętności w Krakowie, w latach: 1877–1886
- Józef Rastafiński, *Zielnik czarodziejski, to jest zbiór przesądów o roślinach*, Akademia Umiejętności, Kraków 1893. Skład główny w księgarni Spółki Wydawniczej Polskiej, osobne odbicie z tomu 18 *Zbioru wiadomości do antropologii krajowej*
- Barbara i Adam Podgórscy, *Wielka księga demonów polskich. Leksykon i wielka antologia demonologii ludowej*, KOS, Katowice 2005
- Ludwik Stomma, *Antropologia kultury wsi polskiej XIX – XX w.*, Instytut Wydawniczy PAX, Warszawa 1986

Spis treści

Redaktor inicjujący: Agnieszka Trzeszkowska
Redaktor prowadzący: Anna Salwa
Redakcja: Artur Kaniewski
Korekta: Urszula Niewirowicz
Projekt okładki i stron tytułowych: Joanna Strękowska
Elementy graficzne i ilustracje: Milena Młynarska
Ilustracje na stronach 334, 335: Katarzyna Piątek
Fotografie wykorzystane na I i IV stronie okładki:
© Ukki Studio/Shutterstock.com,
© VolodymyrSanych/Shutterstock.com,
© Anastasia Lembrik/Shutterstock.com
Fotografia autorki: Wojtek Biały
Projekt wnętrza, skład i łamanie: Dariusz Ziach

Druk i oprawa: TZG Zapolex

Grupa Wydawnicza Foksal Sp. z o.o.
02-672 Warszawa, ul. Domaniewska 48
tel./faks (22) 828 98 08, 395 75 78
biuro@gwfoksal.pl
www.gwfoksal.pl

ISBN 978-83-280-5635-0